人間情懷

滿溢的離愁只消傾訴筆墨——

鄭振鐸——著

上世紀的悲歌與嘆息，日子依舊要持續下去；
漂泊在外的遊子，思念將其心和故國緊緊連繫……

目錄

目錄

蝴蝶的文學

一

春送了綠衣給田野，給樹林，給花園；甚至於小小的牆隅屋角，小小的庭前階下，也點綴著新綠。就是油碧色的湖水，被春風飄嫩地吹動，山間的溪流也開始淙淙汩汩地流動了；於是黃的、白的、紅的、紫的、藍的以及不能名色的花開了，於是黃的、白的、紅的、黑的以及不能名色的蝴蝶們，從蛹中甦醒了，舒展著美的耀人的雙翼，栩栩在花間，在園中飛了；便是小小的牆隅屋角，小小的庭前階下，只要有新綠的花木在著的，只要有什麼花舒放著的，蝴蝶們也都栩栩地來臨了。

蝴蝶來了，偕來的是花的春天。

當我們在和暖宜人的陽光底下，走到一望無際的開放著金黃色的花的菜田間，或雜生著不可數的無名的野花的草地上時，大的小的蝴蝶們總在那裡飛翔著。一刻飛向這朵花，一刻飛向那朵花，便是停下了，雙翼也還在不息不住的搧動著。一群兒童們嘻笑著追逐在牠們之後，見牠們停下了，悄悄的便躡足走近，等到他們走近時，蝴蝶卻又態度閒暇的舒翼飛開。

呵，蝴蝶！牠便被追，也並不現出匆急的神氣。

——日本俳句，我樂作

在這個時候，我們似乎感得全個宇宙都耀著微笑，都泛溢著快樂，每個生命都在生長，在向前或向上發展。

二

在東方，蝴蝶是我們最喜歡的東西之一，畫家很高興畫蝶。甚至於在我們古式的帳眉上，常常是繪飾著很工細的百蝶圖——我家以前便有二幅帳眉是這樣的。在文學裡，蝴蝶也是他們所很喜歡取用的題材之一。歌詠蝴蝶的詩歌或賦，繼續地產生了不少。梁時劉孝綽有〈詠素蝶〉一詩：

隨峰繞綠蕙，避雀隱青薇。
映日忽爭起，因風乍共歸。
出沒共中見，參差葉際飛。
芳華幸勿謝，嘉樹欲相依。

同時如簡文帝（蕭綱）諸人也作有同題的詩。於是明時有一個錢文薦的作了一篇〈蝶賦〉，便託言梁簡文與劉孝綽同遊後園，「見從風蝴蝶，雙飛花上」，孝綽就作此賦以獻簡文。此後，李商隱、鄭谷、蘇軾諸詩人併有詠蝶之作，而謝逸一人作了蝶詩三百首，最為著名，人稱之為「謝蝴蝶」。

葉葉復翻翻，斜橋對側門。
蘆花唯有白，柳絮可能溫？
西子尋遺殿，昭君覓故村。
年年方物盡，來別敗蘭蓀。

——李商隱

尋豔復尋香，似閒還似忙。
暖煙深蕙徑，微雨宿花房。
書幌輕隨夢，歌樓誤采妝，
王孫深屬意，繡入舞衣裳。

——鄭谷

雙肩捲鐵絲，兩翅暈金碧。
初來花爭妍，忽去鬼無跡。

——蘇軾

何處輕黃雙小蝶，翩翩與我共徘徊。
綠陰芳草佳風月，不是花時也解來。

——陸游

桃紅李白一番新，對舞花前亦可人。
才過東來又西去，片時遊遍滿園春。
江南日暖午風細，頻逐賣花人過橋。
……

——謝逸

像這一類的詩，如要集在一起，至少可以成一大冊呢。然而好的實在是沒有多少。

在日本的俳句裡，蝴蝶也成了他們所喜詠的東西，小泉八雲曾著有〈蝴蝶〉一文中舉詠蝶的日本俳句不少，現在轉譯十餘首於下。

就在睡中吧，牠還是夢著在遊戲——呵，草的蝴蝶。

——護物

醒來！醒來！——我要與你做朋友，你睡著的蝴蝶。

——芭蕉

呀，那隻籠鳥眼裡的憂鬱的表示呀；——牠妒羨著蝴蝶！

——作者不明

當我看見落花又回到枝上時——呵，牠不過是一隻蝴蝶！

——守武

蝴蝶怎樣的與落花爭輕呵！

——春海

看那隻蝴蝶飛在那個女人的身旁——在她前後飛翔著。

——素園

哈！蝴蝶！——牠跟隨在偷花者之後呢！

——丁濤

可憐的秋蝶呀！牠現在沒有一個朋友，卻只跟在人的後面呀！

——可都里

至於蝴蝶們呢，牠們都只有十七八歲的姿態。

——三津人

蝴蝶那樣的遊戲著——若在這個世界上沒有一個敵人似的！

——作者未明

呀，蝴蝶！——牠遊戲著，似乎在現在的生活裡，沒有一點別的希求。

——一茶

在紅花上的是一隻白的蝴蝶，我不知是誰的魂。

——子規

我若能常有追捉蝴蝶的心腸呀！

——杉長

三

我們一講起蝴蝶，第一便會聯想到關於莊周的一段故事。《莊子．齊物論》道：「昔者莊周夢為蝴蝶，栩栩然蝴蝶也，自喻適志與，不知周也。俄然覺，則蘧蘧然周也。不知周之夢為蝴蝶與？蝴蝶之夢為周與？周與蝴蝶，則必有分矣。此之為物化。」這一段簡短的話，又合上了「莊子妻死，惠子吊之。莊子方箕踞，鼓盆而歌」（〈至樂篇〉）的一段話，後來便演變成了一個故事。這故事的大略是如此：莊周為李耳的弟子，嘗晝寢夢為蝴蝶，「栩栩然於園林花草之間，其意甚適。醒來時，尚覺臂膊如兩翅飛動，心甚異之。以後不時有此夢」。他便將此夢訴之於師。李耳對他指出夙世因緣。原來那莊生是混沌初分時一個白蝴蝶，因偷採蟠桃花蕊，為王母位下守花的青鳥啄死。其神不散，託生於世做了莊周。他被老師點破前生，便把世情看做行雲流水，一絲不掛。他娶妻田氏，二人共隱於南華山。一日，莊周出遊山下，見一新墳封土未乾，一少婦坐於塚旁，用扇向塚連搧不已，便問其故。少婦說，她丈夫與她相愛，死時遺言，如欲再嫁，須待墳土乾了方可。因此舉扇搧之。莊子便向她要過扇來，替她一搧，墳土立刻乾了。少婦起身致謝，以扇酬他而去。莊子回來，慨嘆不已。田氏聞知其事，大罵那少婦不已。莊子道：「生前個個說恩深，死後人人欲搧墳。」田氏大怒，向他立誓說，如他死了，她絕不再嫁。不多幾日，莊子得病而死。死後七日，有楚王孫來尋莊子，知他死了，便住於莊子家中，替他守喪百日。田氏見他生得美貌，對他很有情意。後來，二人竟戀愛了，結婚了。結婚時，王孫突然心疼欲絕。王孫之僕說，欲得人的腦髓吞之才會好。田氏便去拿斧劈棺，欲取莊子之腦髓。不料棺蓋劈裂時，莊子卻嘆了一口氣從棺內坐起。田氏嚇得心頭亂跳，不得已將莊子從棺內扶出。這時，尋王孫時，他主僕二人早已不見了。莊子說她道：「甫得蓋棺遭斧劈，如何等待搧乾墳！」又用手向外指道：「我教你看兩個人。」田氏回頭一看，只見楚王孫及其僕踱了進來。她吃了一驚，轉身時，不見了莊生，再回頭時，連王孫主僕也不見了。「原來此皆莊生分身隱形之法」。田氏自覺羞辱不堪，便懸梁自縊而死。莊子將她屍身放入劈破棺木時，敲著瓦盆，依格而歌。

這個故事，久已成了我們的民間傳說之一。最初將莊子的兩段話演為故事的在什麼時代，我們已不能知道，然在宋金院本中，已有〈莊周夢〉的名目（見《輟耕錄》）。其後元明人的雜劇中，更有幾種關於這個故事的：《鼓盆歌莊子嘆骷髏》一本（李壽卿作）、《老莊週一枕蝴蝶夢》一本（史九敬先作）、《莊周半世蝴蝶夢》一本（明無名氏作）。

這些劇本現在都已散佚，所可見到的只有《今古奇觀》第二十回〈莊子休鼓盆成大道〉一篇東西。然請院本雜劇所敘的故事，似可信其與《今古奇觀》中所敘者無大區別。可知此故事的起源，必在南宋的時候，或更在其前。

四

韓憑妻的故事較莊周妻的故事更為嚴肅而悲慘。宋大夫韓憑，娶了一個妻子，生得十分美貌。宋康王強將憑妻奪來。憑悲憤自殺。憑妻悄悄地把她的衣服弄腐爛了。康王同她登高臺遠眺。她投身於臺下而死。侍臣們急握其衣，卻著手化為蝴蝶。（見《搜神記》）

由這個故事更演變出一個略相類的故事。《羅浮舊志》說：「羅浮山有蝴蝶洞在雲峰岩下，古木叢生，四時出彩蝶，世傳葛仙遺衣所化。」

我少時住在永嘉，每見彩色斑斕的大鳳蝶，雙雙飛過牆頭時，同伴的兒童們都指著他們而唱道：「飛，飛！梁山伯、祝英臺！」《山堂肆考》說：「俗傳大蝶出必成雙，乃梁山伯、祝英臺之魂，又韓憑夫婦之魂，皆不可曉。」梁祝的故事，與韓憑夫妻是絕不相類的，是關於蝴蝶的最悽慘而又帶有詩趣的一個戀愛的故事。這個故事的來源不可考，至現在則已成了最流傳的民間傳說。也許有人以為它是由韓憑夫妻的故事蛻化而出，然據我猜想，這個故事似與韓憑夫妻的故事沒有什麼關係。大約是也許有的地方流傳著韓憑夫妻的故事，便以那飛的雙鳳蝶為韓憑夫妻。有的地方流傳著梁山伯祝英臺的故事，便以那雙飛的鳳蝶為梁山伯祝英臺。

梁山伯是梁員外的獨生子，他父親早死了。十八歲時，別了母親到杭州去讀書。在路上遇見祝英臺；祝英臺是一個女子，假裝為男子，也要到杭州去讀書。二人結拜為兄弟，同到杭州一家書塾裡攻學。同居了三年，山伯始終沒有看出祝英臺是女子。後來，英臺告辭先生回家去了；臨別時，悄悄地對師母說，她原是一個女子，並將她戀著山伯的情懷訴述出。山伯送英臺走了一程；她屢以言挑探山伯，欲表明自己是女子，而山伯俱不悟。於是，她說道：她家中有一個妹妹，面貌與她一樣，性情也與她一樣，尚未定婚，叫他去求親。二人就此相別。英臺到了家中，時時戀念著山伯，怪他為什麼好久不來求婚。後來，有一個馬翰林來替他的兒子文才向英臺父母求婚，他們竟答應了他。英臺得知這個消息，心中鬱鬱不樂。這時，山伯在杭州也時時戀念著英臺——是朋友的戀念。一天，師母見他憂鬱不想讀書的神情，知他是在想念著英臺，便告訴他英臺臨別時所說的話，並述及英臺之戀愛他。山伯大喜欲狂，立刻束裝辭師，到英臺住的地方來。不幸他來得太晚了，英臺已許與馬家了！二人相見述及此事，俱十分的悲鬱，山伯一回家便生了病，病中還一心戀念著英臺。他母親不得已，只得差人請英臺來安慰他。英臺來了，他的病覺得略好些。後來，英臺回家了，他的病竟日益沉重而至於死。英臺聞知他的死耗，心中悲抑如不欲生。然她的喜期也到了。她要求須先將喜轎抬至山伯墓上，然後至馬家，他們只得允許了她這個要求。她到了墳上，哭得十分傷心，欲把頭撞死在墳石上，虧得丫鬟把她扯住了。然山伯的魂靈終於被她感動了，墳蓋突然的裂開了。英臺一見，急忙鑽入墳中。他們來扯時，墳石又已合縫，只見她的裙兒飄在外面而不見人。後來他們去掘墳。墳掘開了，不唯山伯的屍體不見，便連英臺的屍體也沒有了，只見兩個大鳳蝶由墳的破處飛到外面，飛上天去。他們知道二人是化蝶飛去了。

這個故事感動了不少民間的少年男女。看它的結束甚似〈華山畿〉的故事。《古今樂錄》說：「華山畿者，宋少帝時〈懊惱〉一曲，亦變曲也。少帝時南徐一士子，從華山畿往雲陽，見客舍有女子，年十八九。悅之無因，遂感心疾。母問其故，具以啟母，母為至華山尋訪，見女，具說，女聞感之，因脫蔽膝；令母密置其席下，臥之當已。少日果差。忽舉席見蔽膝而抱持，遂吞食而死。氣欲絕，謂母曰：『葬時，車載從華山度。』母從其意。比至女門，牛不肯前，打拍不動。女曰：『且待須臾。』裝點沐浴既而出，歌曰：『華山畿，君既為依死，獨活為誰施！歡若見憐時，棺木為依開。』棺應聲開。女遂入棺。家人扣打，無如之何，乃合葬，呼曰神女塚。」也許便是從〈華山畿〉的故事裡演變而成為這個故事的。

五

梁山伯祝英臺以及韓憑夫妻，在人間不能成就他們的終久的戀愛，到了死後，卻化為蝶而雙雙的栩栩地飛在天空，終日的相伴著。同時又有一個故事，卻是蝶化為女子而來與人相戀的。《六朝錄》言：劉子卿住在廬山，有五彩雙蝶，來遊花上，其大如燕。夜間，有兩個女子來見他，說：「感君愛花間之物，故來相諧，君子其有意乎？」子卿笑曰：「願伸繾綣。」於是這兩個女子便每日到子卿住處來一次，至於數年之久。

蝶之化為女子，其故事僅見於上面的一則，然蝶卻被我東方人視為較近於女性的東西。所以女子的名字用「蝶」字的不少，在日本尤其多（不過男子也有以蝶為名）。現在的舞女尚多用蝶花、蝶吉、蝶之助等名。私人的名字，如「谷超」（Kocho）或「超」（Cho），其意義即為蝴蝶。陸奧的地方，尚存稱家中最幼之女為

「太郭娜」(Tekona)之古俗,「太郭娜」即陸奧土語之蝴蝶。在古時,「太郭娜」這個字又為一個美麗的婦人的別名。

然在中國蝶卻又為人所視為輕薄無信的男子的象徵。粉蝶栩栩的在花間飛來飛去,一時停在這朵花上,隔一瞬,又停在那一朵花上,正如情愛不專一的男子一樣。又在我們中國最通俗的小說如《彭公案》之類的書,常見有花蝴蝶之名;這個名字是給予那些喜愛任何女子的色情狂的盜賊的。他們如蝴蝶之聞花的香氣即飛去尋找一樣,一見有什麼好女子,便追蹤於她們之後,而欲一逞。

在這個地方,所指的蝴蝶便與上文所舉的不同,已變為一種慕逐女子的男性,並非上文所舉的女性的象徵了。所以,蝴蝶在我們東方的文學裡,原是具有異常複雜的意義的。

六

蝶在我們東方，又常被視為人的鬼魂的顯化。梁祝及韓憑的二故事，似也有些受這個通俗的觀念的感發。這種鬼魂顯化的蝶，有時是男子顯化的，有時是女子顯化的。《春渚紀聞》說：「建安章國老之室宜興潘氏，既歸國老，不數歲而卒。其終之日，室中飛蝶散滿，不知其數，聞其始生，亦復如此。即設靈席，每展遺像，則一蝶停立久久而去。後遇避諱之日，與曝像之次，必有一蝶隨至，不論冬夏也。其家疑其為花月之神。」這個故事還未說蝶就是亡去少婦的魂。《癸辛雜識》順記的二事，乃直接的以蝶為人的魂化。「楊昊字明之，娶江氏少女，連歲得子。明子客死之明日，有蝴蝶大如掌，徊翔於江氏旁，竟日乃去。及聞訃，聚族而哭，其蝶復來，繞江氏，飲食起居不置也。蓋明之未能割戀於少妻稚子，故化蝶以歸爾。……楊大芳娶謝氏，亡未殮。有蝶大如扇，其色紫褐，翩翩自帳中徘徊飛集窗戶間，終日乃去。」

日本的故事中，也有一則關於魂化為蝶的傳說。東京郊外的某寺墳地之後，有一間孤零零立著的茅舍，是一個老人名為高濱（Takahama）的所住的房子。他很為鄰居所愛，然同時人又多自之為狂。他並不結婚，所以只有一個人。人家也沒有看見他與什麼女子有關係。他如此孤獨地住著，不覺已有五十年了。某一年夏天，他得了一病，自知不起，便去叫了弟媳及她的一個三十歲的兒子來伴他。某一個晴明的下午，弟媳與她的兒子在床前看視他，他沉沉地睡著了。這時有一隻白色大蝶飛進屋，停在病人的枕上。老人的姪用扇去逐牠，但逐了又來。後來牠飛出到花園中，姪也追出去，追到墳地上。牠只在他面前飛，引他深入墳地。他見這蝶飛到一個婦人墳上，突然地不見了。他見墳石上刻著這婦人名明子（Akiko）死於十八歲。這墳顯然已很久了，綠苔已長滿了墳石上。然這墳收拾得乾淨，鮮花也放在墳前，可見還時時有人在看顧她。這少年回到屋內時，老人已於睡夢中死了，臉上現出笑容。這少年告訴母親在墳地上所見的事，他母親道：「明子！唉！唉！」少年問道：「母親，誰是明子？」母親答道：「當你伯父少年時，他曾與一個可愛的女郎名明子的定婚。在結婚前不久，她患肺病而死。他十分的悲切。她葬後，他便宣言此後永不娶妻，且築了這座小屋在墳地旁，以便時時可以看望她的墳。這已是五十年前的事了。在這五十年中，你伯父不問寒暑，天天到她墳上禱哭，且以物祭之。但你伯父對人並不提起這事。所以，現在，明子知他將死，便來接他。那大白蝶就是她的魂呀。」

在日本又有一篇名為《飛的蝶簪》的通俗戲本，其故事似亦是從鬼魂化蝶的這個概念裡演變出。蝴蝶是一個美麗的女子，因被誣犯罪及受虐待而自殺。欲為她報仇的人怎麼設法也尋不出那個害她的人。但後來，這個死去婦人的髮簪，化成了一隻蝴蝶，飛翔於那個惡漢藏身的所在之上，指導他們去捉他，因此報了仇。

七

《蝴蝶夢》一劇是中國古代很流行的劇本之一。宋金院本中有《蝴蝶夢》的一個名目，元劇中有關漢卿的一本《包待制三勘蝴蝶夢》，又有蕭德祥的一本同名的劇本。現在關漢卿的一本尚存在於《元曲選》中。

這個戲劇的故事，也是關於蝴蝶的，與上面所舉的幾則卻俱不同。大略是如此：王老生了三個兒子，都喜歡讀書。一天，他上街替兒子們買些紙筆，走得乏了，在街上坐著歇息，不料因衝著馬頭，卻被騎馬的一個勢豪名葛彪重打死了，三個兒子聽見父親為葛彪打死，便去尋他報仇，也把他打死了。他們都被捉進監獄。審判官恰是稱為「中國的蘇羅門」的包拯。當他大審此案之前，曾夢自己走進一座百花爛漫的花園，見一個亭子上結下個蛛網，花間飛來一個蝴蝶，正在打網中，卻又來了一個大蝴蝶，把牠救出。後來，又來第二個蝴蝶打在網中，也被大蝴蝶救了。最後來了一個小蝴蝶，打在網上，卻沒有人救，那大蝴蝶兩次三番只在花叢上飛，卻不去救。包拯便動了惻隱之心，把這小蝴蝶放走了。醒來時，卻正要審問王大王二王三打死葛彪的案子。他們三個人都承認葛彪是自己打死的，不干兄或弟的事。包拯說，只要一個人抵命，其他二人可以釋出。便問他們的母親，要哪一個去抵命。她說，要小的去。包拯道：「為什麼？小的不是你養的麼？」母親悲梗的說道：「不是的，那兩個，我是他們的繼母，這一個是我的親兒。」包拯為這個賢母的舉動所感動，便想道：夢見大蝴蝶救了兩個小蝶，卻不去救第三個，倒是我去救了他。難道便應在這一件事上麼？於是他假判道：「王三留此償命。」同時卻悄悄地設法，把王三也放走了。

八

還有兩則放蝶的故事，也可以在最後敘一下。

唐開元的末年，明皇每至春時，即旦暮宴於宮中，叫嬪妃們爭插豔花。他自己去捉了粉蝶來，又放了去。看蝶飛止在哪個嬪妃的上面，他便也去止宿於她的地方。後來因楊貴妃專寵，便不復為此戲（見《開元天寶遺事》）。

這一則故事，沒有什麼很深的意味，不過表現出一個淫佚的君王的軼事的一幕而已。底下的一則，事雖略覺滑稽，卻很帶著人道主義的精神。

長山王進士山斗生為令時，每聽訟，按律之輕重，罰令納蝶自贖。堂上千百齊放，如風飄碎錦；王乃拍案大笑。一夜，夢一女子衣裳華好，從容而入曰：「遭君虐政，姊妹多物故，當使君先受風流之小譴耳。」言已，化為蝶，迴翔而去。明日，方獨酌署中，忽報直指使至，皇遽而去，閨中戲以素花簪冠上，忘除之，直指見之，以為不恭，大受斥罵而返。由是罰蝶令遂止（見《聊齋誌異》卷十五）。

蟬與紡織娘

你如果有福氣獨自坐在窗內，靜悄悄的沒一個人來打擾你，一點鐘，兩點鐘的過去，嘴裡銜著一支煙，躺在沙發上慢慢的噴著煙雲，看它一白圈一白圈地升上，那麼在這靜境之內，你便可以聽到那牆角階前的鳴蟲的奏樂。

那鳴蟲的作響，真不是凡響；如果你曾聽見過曼杜令的低奏，你曾聽見過一支洞簫在月下湖上獨吹著；你曾聽見過紅樓的重幔中透漏出的絃管聲，你曾聽見過流水淙淙的由溪石間流過，或你曾倚在山閣上聽著颯颯的松風在足下拂過，那麼，你便可以把那如何清幽的鳴蟲之叫聲想像到一二了。

蟲之樂隊，因季候的關係而頗有不同，夏天與秋令的蟲聲，便是截然的兩樣。蟬之聲是高曠的，享樂的，帶著自己滿足之意的；牠高高地棲在梧桐樹或竹枝上，迎風而唱，那是生之歌——生之盛年之歌，那是結婚曲——那是中世紀武士美人的大宴時的行吟詩人之歌。無論聽了那嘰——嘰——的曼長聲，或嘰格——嘰格——的較短聲，都可同樣的受到一種輕快的美感。秋蟲的鳴聲最複雜，但無論紡織娘的咭嘎、蟋蟀的唧唧、金鈴子之叮令，還有無數無數不可名狀的秋蟲之鳴聲，其音調之淒抑卻都是一樣的；牠們唱的是秋之歌，是暮年之歌，是薤露之曲。牠們的歌聲，是如秋風之掃落葉，怨婦之奏琵琶，孤峭而幽奇，清遠而淒迷，低徊而愁腸百結。你如果是一個孤客，獨宿於荒郊逆旅，一盞熒熒的油燈，對著一張板床、一張木桌、一二張硬板凳，再一聽見四壁唧唧知知的蟲聲間作，那你今夜便不用再想穩穩的安睡了，什麼愁情、鄉思，以及人生之悲感，都會一串一串的從根兒勾引出來，在你心上翻來覆去，如白老鼠在戲籠中走輪盤一般，一上去便不用想下來憩息。如果你不是一個客人，你有家庭，你有很好的太太，你並沒有什麼閒愁胡想，那麼，在你太太已睡之後，你想在書房中靜靜的寫些東西時，這唧唧的秋蟲之聲卻也會無端的竄入你的心裡，翻崛起你向不曾有過的一種淒感呢。如果那一夜是一個月夜，天井裡頭是銀白色，枯禿的樹影，一根一條的很清朗的印在地上，那麼你的感觸將更深了。那也許就是所謂悲秋。

秋蟲之聲，大都在蟬之夏曲已告終之後出現，那正與氣候之寒暖相應。但我卻有一次奇異的經驗；在無數的紡織娘之鳴聲已來了之後，卻又聽得滿耳的蟬聲。我想我們的讀者中有這種經驗的人是必不多的。

我在山中，每天聽見的只有蟬聲，鳥聲還比不上。那天氣是很熱，即在山上，也覺得並不涼爽。正午的時候，躺在廊前的藤榻上，要求一點的涼風，卻見滿山的竹樹梢頭，一動也不動，看看足底下的花草，也都靜靜的站著，如老僧入了定似的。風扇之類既得不到，只好不斷地用手巾來拭汗，不斷地在搖揮那紙扇了。在這時候，往往有幾縷的蟬聲在檻外鳴奏著。閉了目，靜靜的聽了牠們在忽高忽低，忽斷忽續，此唱彼和，彷彿是一大陣絕清幽的樂陣在那裡奏著絕清幽的曲子，炎熱似乎也減少了，然後，朦朧的朦朧的睡去了，什麼都不覺得。良久，良久，清夢醒來時，卻又是滿耳的蟬聲。山中的蟬真多！絕早的清晨，老媽子們和小孩子們常去抱著竹竿亂搖一陣，而一隻二隻的蟬便要跟隨了朝露而落到地上了。每一個早晨，在我們滴翠軒的左近，至少是百隻以上之蟬是這樣地被捉。但蟬聲卻並不減少。

常常的，一隻蟬兩隻蟬，嘰的一聲，飛入房內，如平時我們所見的青油蟲及燈蛾之飛入一樣。這也是必定被人所捉的。有一天，見有什麼東西在檻外倒水的鉛斗中咯篤咯篤的作響，俯身到檻外一看，卻只是一隻蟬，這當然又是一個俘虜了。還有好幾次，在山脊上走時，忽見矮林叢中有什麼東西在動，撥開林叢一看，卻也是一隻蟬。牠是竹枝竹葉擋阻住了不能飛去。我把牠拾在手中。同行的心南先生說：「這有什麼稀奇，放走了牠吧。要多少還怕沒有！」我便順手把牠向風中一送，牠悠悠揚揚地飛去很遠很遠，漸漸的不見了。我想不到這隻蟬就在剛才是地上拾了來的那一隻！

初到時，頗想把牠們捉幾個寄到上海去送送人。有一次，便託了老媽子去捉。她在第二天一早，果然捉了五六隻來放在一個大香煙紙盒中，不料給依真一見，她卻吵著，帶強迫的要去。我又託那個老媽子去捉。第二天，又提了四五隻來。依真的紙盒中卻只剩下兩隻活的，其餘的都死了。到了晚上，我的幾隻，也死了一半。因此，寄到上海的計畫遂根本的打消了。從此以後，便也不再託人去捉，自己偶然捉來的，也都隨手的放去了，那樣不經久的東西，留下了牠幹什麼用！不過孩子們卻還熱心地去捉。依真每天要捉至少三隻以上用細繩子縛在鐵桿上。有一次，曾有一隻蟬居然帶了紅繩子逃去了；很長的一根紅繩子，拖在牠後面，在風中飄蕩著，很有趣味。

半個月過去了；有的時候，似乎蟬聲略少，第二天卻又多了起來。雖然是嘰——嘰——的不息的鳴著，卻並不覺喧擾；所以大家都不討厭牠們。我卻特別的愛聽牠們的歌唱，那樣的高曠清遠的調子，在什麼音樂會中可以聽得到！所以我每以蟬聲將絕為慮，時時的干涉孩子們的捕捉。

到了一夜，狂風大作，雨點如從水龍頭上噴出似的，向檻內廊上傾倒。第二天還不放晴。再過一天，晴了，天氣卻很涼，蟬聲乃不再聽見了！全山上在鳴唱著的卻換了一種咭嘎——咭嘎——的急促而淒楚的調子，那是紡織娘。

「秋天到了！」我這樣的說著，頗動了歸心。

再一天，紡織娘還是咭嘎咭嘎的唱著。

然而，第三天早晨，當太陽晒得滿山時，蟬聲卻又聽見了！且很不少。我初聽不信，嘰——嘰——嘰格——嘰格——也那確是蟬聲！紡織娘之聲卻又潛蹤了。

蟬回來了，跟牠回來的是炎夏。從箱中取出的棉衣又復放入箱中。下山之計遂又打消了。

誰曾於聽了紡織娘歌聲之後再聽見蟬的夏曲呢？這是我的一個有趣的經驗。

苦鴉子

烏鴉是那麼黑醜的鳥，一到傍晚，便成群結陣的飛於空中，或三兩隻棲於樹下，「苦呀，苦呀」的叫著，更使人起了一種厭惡的情緒。雖然中國許多抒情詩的文句，每每的把鴉美化了，如「寒鴉數點」、「暮鴉棲未定」之類，讀來未嘗不覺其美，等到一聽見其聲，思想的美感卻完全消失了，心上所有的只是厭惡。

在山中也與在城市中一樣，免不了鴉的干擾。太陽的淡金色光線，弱了，柔和了，暮靄漸漸的朦朧的如輕紗似的幔罩於崗巒之腰、田野之上，西方是血紅的一個大圓盤懸在地平上，四邊是金彩斑斕的雲霞，點染在半天；工作之後，躺在藤榻上，有意無意的領略著這晚霞天氣的圖畫。經過了這樣靜謐的生活的，準保他一輩子不會忘了，至少是要在城市的狹室中不時想起的。不幸這恬靜可愛的山中的黃昏，卻往往為「苦呀，苦呀」的鴉聲所亂。

有一天，晚餐吃得特別的早；幾個老婆子趁著太陽光未下山，把廚房中盆碗等物都收拾好了，便也上樓靠在紅欄杆上閒談。

「苦呀！苦呀！」幾隻烏鴉棲在對面一株大樹上，正朝著我們此唱彼和的歌叫著。

「苦鴉子！我們鄉下人總說她是嫂嫂變的。」湯媽說。

江媽接著道：「我們那裡也有這話。婆婆很凶，姑娘又會挑嘴，弄得嫂嫂常常受婆婆的氣，還常常地打她，男人又一年間沒有幾時在家。有一次，她把米飯從後門給了些叫化的，她姑娘看見了，馬上去告訴她的娘。還挑撥的說：『嫂嫂常常把飯給人家。』於是婆婆生了大氣，用後門的門閂，沒頭沒腦的打了她一頓，她渾身是傷，氣不過，就去投河。卻為鄰居看見了救起，把她溼淋淋地送回家。她婆婆姑娘還罵她假死嚇詐人。當夜，她又用衣帶把自己吊死在床前了。過了幾個月，她男人回家。他的娘卻淡淡地說，她得病死了。但她的靈魂卻變了烏鴉，天天在屋前樹上『苦呀，苦呀』的叫著。」

「做人家媳婦實在不容易。」江媽接著說，「像我們那裡媳婦吃苦的真不少！」

湯媽說：「可不是！前半年在少爺家裡用的葉媽還不是苦到無處說！一天到晚打水、燒飯、劈柴、種田、摘豆子，她婆婆還常常嘰哩咕嚕地罵她。碰到丈夫好些的，也還好，有地方說說。她的丈夫卻又是牛脾氣，好賭。輸了，總拿她來出氣，打得呀渾身是傷！有一次，她給我看，一身的青腫，半個月一個月還不會退。好容易來幫人家，雖然勞碌些，比在家裡總算是好得多了。一月三塊半工錢，一個也不能少，都要寄回家。她丈夫還時時來找她要錢！她說起來常哭！上一次，她不是辭了回家麼？那是她丈夫為了賭錢的事，被人家打傷了，一定要她回去服侍。這一向都沒有信來，問她鄉裡人也不知道。這一半年總不見得會出來了。」

江媽道：「湯奶奶妳是好福氣！說是童養媳，婆婆待妳比自己的女兒還好。男人又肯幹，家裡積的錢不少了，去年不是又買了幾畝田麼？妳真可以回去享福了，湯奶奶！」

「哪裡的話！我們哪裡說得上享福兩個字！我們的婆婆待我可真不差，比自己的姆媽還好！」

這時，一聲不響的劉媽插嘴道：「湯奶奶待她婆婆也真是好；自己的娘病，還不大掛心，聽說她婆婆有什麼難過，就一定要回去看看的了！上次她婆婆還託人帶了大棉襖給她，真是疼她！」

湯媽指著劉媽向江媽道：「她真可憐！人是真好，只可惜有些太老實，常給人欺負。她出來幫人家也是沒法的。她家裡不是少吃的、穿的，只是她婆婆太厲害了，不是打，就是罵，沒有一天有好日子過。自從她男人死了，婆婆更恨她入骨，說她是剋夫。她到外邊來，賽如在天堂上！」

劉媽一聲不響的聽著她在談自己的身世。欄杆外面烏鴉還是一聲「苦呀，苦呀」在叫著，夜色已經成了深灰色了。

「劉媽，天黑了，怎麼還不點燈？天天做的事都會忘了麼！」她主婦的聲音，嚴厲的由後房傳出。

「噢，來了！」劉媽連忙的答應，慌慌張張地到後面去了。

「真作孽，像她這樣的人，到處要給人欺負。」江媽說，「還好，她是個呆子，看她一天到晚總是嘻嘻的笑臉。」

「不！」湯媽說，「別看她呆頭呆腦的；她和我談起來，時時的落淚呢。有一次，給她主婦大罵了一頓以後，她便跑到自己房裡痛哭。到了夜裡，我睡時，還聽見她在嗚咽的抽泣！」

想不到劉媽是這樣的一個人，自到山中來後，我們每以她為樂天的痴呆人，往往地拿她來取笑，她也從沒有發怒過，誰曉得她原是這樣的一個「苦鴉子」！

這時，黑夜已經籠罩了一切。江媽說：「我也要去點燈了。」

「苦呀，苦呀」的烏鴉已經靜止，大約牠們是棲定在巢中了。

一九二七年十一月十二日

宴之趣

雖然是冬天，天氣卻並不怎麼冷，雨點淅淅瀝瀝的滴個不已，灰色雲是瀰漫著；火爐的火是熄下了，在這樣的秋天似的天氣中，生了火爐未免是過於燠暖了。家裡一個人也沒有，他們都出外「應酬」去了。獨自在這樣的房裡坐著，讀書的興趣也引不起，偶然的把早晨的日報翻著，翻著，看看它的廣告，忽然想起去看 Merry Widow 吧。於是獨自的上了電車，到派克路跳下了。

在黑漆的影戲院中，樂隊悠揚的奏著樂，白幕上的黑影，坐著，立著，追著，哭著，笑著，愁著，怒著，戀著，失望著，決鬥著，那還不是那一套，他們寫了又寫，演了又演的那一套故事。

但至少，我是把一句話記住在心上了：「有多少次，我是餓著肚子從晚餐席上跑開了。」

這是一句雋妙無比的名句；借來形容我們宴會無虛日的交際社會，真是很確切的。

每一個商人，每一個官僚，每一個略略交際廣了些的人，差不多他們的每一個黃昏，都是消磨在酒樓菜館之中的。有的時候，一個黃昏要趕著去赴三四處的宴會。這些忙碌的交際者真是妓女一樣，在這裡坐一坐，就走開了，又趕到另一個地方去了，在那一個地方又只略坐一坐，又趕到再一個地方去了。他們的肚子定是不會飽的，我想。有幾個這樣的交際者，當酒闌燈池，應酬完畢之後，定是回到家中，叫底下人燒了稀飯來堆補空腸的。

我們在廣漠繁華的上海，簡直是一個村氣十足的「鄉下人」；我們住的是鄉下，到「上海」去一趟是不容易的，我們過的是鄉間的生活，一月中難得有幾個黃昏是在「應酬」場中度過的。有許多人也許要說我們是「孤介」，那是很清高的一個名詞。但我們實在不是如此，我們不過是不慣徵逐於酒肉之場，始終保持著不大見世面的「鄉下人」的色彩而已。

偶然的有幾次，承一二個朋友的好意，邀請我們去赴宴。在座的至多只有三四個熟人，那一半生客，還要主人介紹或自己去請教尊姓大名，或交換名片，把應有的初見面的應酬的話訥訥的說完了之後，便默默的相對無言了。說的話都不是有著落，都不是從心裡發出的；泛泛的，是幾個音聲，由喉嚨頭溜到口外的而已。過後自己想起那樣的敷衍的對話，未免要為之失笑。如此的，說是一個黃昏在繁燈絮語之宴席上度過了，然而那是如何沒有生趣的一個黃昏呀！

有幾次，席上的生客太多了，除了主人之外，沒有一個是認識的；請教了姓名之後，也隨即忘記了。除了和主人說幾句話之外，簡直的無從和他們談起。不曉得他們是什麼行業，不曉得他們是什麼性質的人，有話在口頭也不敢隨意的高談起來。那一席宴，真是如坐針氈；精美的羹菜，一碗碗的捧上來，也不知是什麼味兒。終於忍不住了，只好向主人撒一個謊，說身體不大好過，或說是還有應酬，一定要去的。——如果在謠言很多的這幾天當然是更好託辭了，說我怕戒嚴提早，要被留在華界之外——雖然這是無禮貌的，不大應該的，雖然主人是照例的殷勤的留著，然而我卻不顧一切的不得不走了。這個黃昏實在是太難挨得過去了！回到家裡以後，買了一碗稀飯，即使只有一小盞蘿蔔乾下稀飯，反而覺得舒暢，有意味。

如果有什麼友人做喜事，或壽事，在某某花園，某某旅社的大廳裡，大張旗鼓的宴客，不幸我們是被邀請了，更不幸我們是太熟的友人，不能不到，也不能道完了喜或拜完了壽，立刻就託辭溜走的，於是這又是一個可怕的黃昏。常常地張大了兩眼，在尋找熟人，好容易找到了，一定要緊緊地和他們擠在一起，不敢失散。到了坐席時，便至少有兩三人在一塊兒可以談談了，不至於一個人獨自的侷促在一群生面孔的人當中，惶恐而且空虛。當我們兩三個人在津津的談著自己的事時，偶然抬起眼來看著對面的一個座客，他是淒然無侶的坐著；大家酒杯舉了，他也舉著；菜來了，一個人說「請，請」，同時把牙箸伸到盤邊，他也說「請，請」，也同樣的把牙箸伸出。除了吃菜之外，他沒有目的，菜完了，他便侷促的獨坐著。我們見了他，總要代他難過，然而他終於能夠終了席方才起身離座。

宴會之趣味如果僅是這樣的，那麼，我們將咒詛那第一個發明請客的人；喝酒的趣味如果僅是這樣的，那麼，我們也將打倒杜康與狄奧尼修士了。

然而又有的宴會卻幸而並不是這樣的；我們也還有別的可以引起喝酒的趣味的環境。

獨酌。據說，那是很有意思的。我少時，常見祖父一個人執了一把錫的酒壺，把黃色的酒倒在白瓷小杯裡，舉了杯獨酌著；喝了一小口，真正一小口，便放下了，又拿起筷子來夾菜。因此，他食得很慢，大家的飯碗和筷子都已放下了，且已離座了，而他卻還在舉著酒杯，不匆不忙地喝著。他的吃飯，尚在再一個半點鐘之後呢。而他喝著酒，顏微酡著，常常叫道：「孩子，來！」而我們便到了他的跟前，他夾了一塊只有他獨享著的菜蔬放在我們口中，問道：「好吃麼？」我們往往以點點頭答之，在孫男與孫女中，他特別的喜歡我，叫我前去的時候尤多。常常的，他把有了短髯的嘴吻著我的面頰。微微有些刺痛，而他的酒氣從他的口鼻中直噴出來。這是使我很難受的。

這樣的，他消磨過了一個中午和一個黃昏。天天都是如此。我沒有享受過這樣的樂趣。然而回想起來，似乎他那時是非常的高興，他是陶醉著，為快樂的霧所圍著，似乎他的沉重的憂鬱都從心上移開了，這裡便是他的全個世界，而全個世界也便是他的。

別一個宴之趣，是我們近幾年所常常領略到的，那就是集合了好幾個無所不談的朋友，全座沒有一個生面孔，在隨意的喝著酒，吃著菜，上天下地的談著。有時說著很輕妙的話，說著很可發笑的話，有時是如火如劍的激動的話，有時是深切的論學談藝的話，有時是隨意的取笑著，有時是面紅耳熱的爭辯著，有時是高妙的理想在我們的談鋒上觸著，有時是戀愛的遇合與家庭的與個人的身世使我們談個不休。每個人都把他的心胸赤裸裸地袒開了，每個人都把他的向來不肯給人看的面孔顯露出來了；每個人都談著，談著，談著，只有更興奮的談著，毫不覺得「疲倦」是怎麼一個樣子。酒是喝得乾了，菜是已經沒有了，而他們卻還是談著，談著，談著。那個地方，即使是很喧鬧的，很激狹的，向來所不願意多坐的，而這時大家卻都忘記了這些事，只是談著，談著，談著，沒有一個人願意先說起告別的話。要不是為了戒嚴或家庭的命令，竟不會有人想走開的。雖然這些閒談都是瑣屑之至的，都是無意味的，而我們卻已在其間得到宴之趣了——其實在這些閒談中，我們是時時可發現許多珠寶的；大家都互相的受著影響，大家都更進一步了解他的同伴，大家都可以從那裡得到些教益與利益。

「再喝一杯，只要一杯，一杯。」

「不，不能喝了，實在的。」

不會喝酒的人每每這樣的被強迫著而喝了過量的酒。面部紅紅的，映在燈光之下，是向來所未有的壯美的風采。

「聖陶，乾一杯，乾一杯！」我往往地舉起杯來對著他說，我是很喜歡一口一杯的喝酒的。

「慢慢的，不要這樣快，喝酒的趣味，在於一小口一小口的喝，不在於『乾杯』！」聖陶反抗似的說，然而終於他是一口乾了。一杯又是一杯。

連不會喝酒的愈之、雁冰，有時，竟也被我們強迫地乾了一杯。於是大家哄然的大笑，是發出於心之絕底的笑。

再有，佳年好節，合家團團的坐在一桌上，放了十幾雙的紅漆筷子，連不在家中的人也都放著一雙筷子，都排著一個座位。小孩子笑孜孜的鬧著吵著，母親和祖母溫和的笑著，妻子忙碌著，指揮著廚房中廳堂中僕人們的做菜、端菜，那也是特有一種融融泄泄的樂趣，為孤獨者所妒羨不止的，雖然並沒有和同伴們同在時那樣的宴之趣。

還有，一對戀人獨自在酒店的密室中晚餐；還有，從戲院中偕了妻子出來，同登酒樓喝一二杯酒；還有，伴著祖母或母親在熊熊的爐火旁邊，放了幾盞小菜，閒吃著宵夜的酒，那都是使身臨其境的人心醉神情的。

宴之趣是如此的不同呀！

離別

一

別了，我愛的中國，我全心愛著的中國。當我倚在高高的船欄上，見到船漸漸的離岸了，船與岸間的水面漸漸的闊了，見到許多親友揮著白巾，揮著帽子，揮著手，說著 Adieu, Adieu!（法語：再會，再會！）聽著鞭炮劈劈啪啪地響著，水兵們高呼著向岸上的同伴告別時，我的眼眶是潤溼了，我自知我的淚點已經滴在眼鏡面了，鏡面是模糊了，我有一種說不出的感動！

船慢慢的向前駛著，沿途見了停著的好幾隻灰色的白色的軍艦。不，那不是懸著青天白日滿地紅的國旗的，它們的旗幟是「紅日」，是「藍白紅」，是「紅藍條交叉著」的聯合旗，是有「星點紅條」的旗！

兩岸是黃土和青草，再過去是兩條的青痕，再過去是地平上的幾座小島山，海水滿盈盈的照在夕陽之下，浪濤如頑皮的小童似的跳躍不定。水面上呈現出一片的金光。

別了，我愛的中國，我全心愛著的中國！

我不忍離了中國而去，更不忍在這大時代中放棄每人應做的工作而去，拋棄了許多親愛的勇士們在後面，他們是正用他們的血建造著新的中國，正在以純摯的熱誠，爭鬥著，奮擊著。我這樣不負責任的離開了中國，我真是一個罪人！

然而我終將在這大時代中工作著的，我終將為中國而努力，而呈獻了我的身，我的心；我別了中國，為的是求更好的經驗，求更好的奮鬥的工具。暫別了，暫別了。在各方面爭鬥著的勇士們，我不久即將以更勇猛的力量加入你們當中了。

當我歸來時，我希望這些懸著「紅日」的，「藍白紅」的，有「星點紅條」的，「紅藍條交叉著」的一切旗幟的白色灰色的軍艦都已不見了，代替它們的是我們的可喜愛的懸著我們的旗幟的偉大艦隊。

如果它們那時還沒有退去中國海，還沒有為我們所消滅，那麼，來，勇士們！我將加入你們的隊中，以更勇猛的力量，去壓迫它們，去毀滅它們！

這是我的誓言！
別了，我愛的中國，我全心愛著的中國！

二

別了，我最愛的祖母、母親、妹妹以及一切親友們！我沒有想到我動身得那麼匆促。我決定動身，是在行期前的七天；跑去告訴祖母和許多親友們，是在行期前的五天。我想我們的別離至多不過是兩年、三年，然而我心裡總有一種離愁堆積著。兩三年的時光，在上海住著是如燕子疾飛似的匆匆滑過去了，然而在孤身棲止於海外的遊子看來，是如何漫長的一個時間呀！在倚閭而望遊子歸來的祖母、母親們和數年來終日聚首的愛友們看來，又是如何漫長的一個時期呀！祖母在半年來，身體又漸漸地回復康健了，精神也很好，所以我敢於安心遠遊。要在半年前，我真的不忍與她相別呢！然而當她聽見我要遠別的消息時，她口裡不說什麼，還很高興的鼓勵著我，要我保重自己的身體，在外不像在家，沒有人細心照應了，飲食要小心，被服要蓋得好些，落在床下是不會有人來抬起了；又再三叮囑著我，能夠早回，便早些回來。她這些話是安舒的慈愛的說著的，然而在她慢緩的語聲中，在她微蹙的眉尖上，我已看出她是滿孕著難告的苦悶與別意。不忍與她的孩子離別，而又不忍阻擋他的前進，這其間是如何的躊躇苦惱、不安！人非鐵石，誰不覺此！第二天，第三天，她的筋痛的舊病，便又微微的發作了。這是誰的罪過！行期前一天的晚上，我去向她告別；勉強裝出高興的樣子，要逗引開她的憂懷別緒；她也勉強裝著並不難過的樣子，這還不是她也怕我傷心麼？在強裝的笑容間，我看出萬難遮蓋的傷別的陰影。她強忍著呢！以全力忍著呢！母親也是如此，假定她們是哭了，我一定要棄了我離國的決心，一定的！這夜臨別時，我告訴她們說，第二天還要來一次。但是，不，第二天，我絕不敢再去向她們告別了。我真怕搖動了我的離國的決心！我寧願負一次說謊的罪，我寧願負一次不去拜別的罪！

岳父是真希望我有所成就的，他對於我的離國，用全力來贊助。他老人家僕僕的在路上跑，為了我的事，不知有幾次了！託人，找人幫忙，換錢……都是他在忙著。我不知將如何說感謝的話好！然而臨別時，他也不免有戚意。我看他扶著簇，在太陽光中忙亂的碼頭上站著，揮著手，我真的感動得說不出話來。

許多朋友，親戚……他們都給我以在我預想以上之幫忙與親切的感覺，這使我更不忍於離別了！

果然如此的輕於言離別，而又在外遊蕩著，一無成就，將如何的傷了祖母、母親、岳父以及一切親友的心呢！

別了，我最愛的祖母以及一切親友們！

三

當我與岳父同車到商務去時，我首先告訴他我將於二十一日動身了。歸家時，我將這話第二次告訴給箴，她還以為我是與她開開玩笑的。

「哪裡的話！真的要這麼快就動身麼？」

「哪一個騙妳，自然是真的，因為有同伴。」

她還不信，搖搖頭道：「等爸爸回來問他看。你的話不能信。」

岳父回家，她真的去問了。

「哪裡會假的；振鐸一定要動身了，只有六七天工夫，快去預備行裝！」他微笑地說著。

箴有些愕然了：「爸爸也騙我！」

「並沒有騙妳，是一點不假的事。」他正經地說道。

她不響了，顯然的心上罩了一層殷濃的苦悶。

「鐸，你為什麼這樣快動身？再等幾時，八月間再走不好麼？」箴的話有些生澀，不如剛才的輕快了。

一天天的過去，我們倆除同出去置辦行裝外，相聚的時候很少。我每天還去辦公，因為有許多事要結束。

每個黃昏，每個清晨，她都以同一的淒聲向我說道：「鐸，不要走了吧！」

「等到八月間再走不好麼？」

我躊躇著，我不能下一個決心，我真的時時刻刻想不走。去年我們倆一天的相離，已經不可忍受了，何況如今是兩三年的相別呢？

我真的不想走！

「淚眼相見，覺無語幽咽。」在別前的三四天已經是如此了。每天的早餐，我都嚥不下去，心上似有千百重的鉛塊壓著，說不出的難過。當護照沒有簽好字時，箴暗暗的希望著英、法領事拒絕簽字，於是我可以不走了。我也竟是如此的暗暗的希望著。

當許多朋友請我們餞別宴上，我曾笑對他們說道：「假定我不走呢，吃了這一頓飯要不要奉還？」這不是一句笑話，我是真的這樣想呢。即在整理行裝時，我還時時的這樣暗念著：姑且整理整理，也許去不成。

然而護照終於簽了字，終於要於第二天動身了。

只有動身的那一天早晨，我們倆是始終的聚首著。我們同倚在沙發上。有千萬語要說，卻一句也都說不出，只是默默的相對。

箴嗚咽的哭了，我眼眶中也裝滿了熱淚。誰能吃得下午飯呢！

碼頭上，握了手後，我便上船了。船上催送客者回去的鈴聲已經丁丁的搖著了。我倚在船欄上，她站在岳父身邊，暗暗地在拭淚。中間隔的是幾丈的空間，竟不能再一握手，再一談話。此情此景，將何以堪！最後，岳父怕她太傷心了，便領了她先去。那臨別的一瞬，她已經不能再有所表示了，連手也不能揮送，只慢慢地走出碼頭，她的手握著白巾，在眼眶邊不停的拭著。我看著她的黃色衣服，她的背影，漸漸的遠了，消失在過道中了！

「黯然魂銷者唯別而已矣！」

Adieu! Adieu!

希望幾個月之後——不敢望幾天或幾十天，在國外再有一次「不速之客」的經歷。

「別離」，那真不是容易說的！

海燕

烏黑的一身羽毛，光滑漂亮，積伶積伶，加上一雙剪刀似的尾巴，一對勁俊輕快的翅膀，湊成了那樣可愛的活潑的一隻小燕子。當春間二三月，輕颸微微地吹拂著，如毛的細雨無固的由天上灑落著，千條萬條的柔柳，齊舒了它們的黃綠的眼，紅的白的黃的花，綠的草，綠的樹葉，皆如趕赴市集者似的奔聚而來，形成了爛漫無比的春天時，那些小燕子，那麼伶俐可愛的小燕子，便也由南方飛來，加入了這個雋妙無比的春景的圖畫中，為春光平添了許多的生趣。小燕子帶了牠的雙剪似的尾，在微風細雨中，或在陽光滿地時，斜飛於曠亮無比的天空之上，唧的一聲，已由這裡稻田上，飛到了那邊的高柳之下了。再幾隻卻雋逸的在粼粼如縠紋的湖面橫掠著，小燕子的剪尾或翼尖，偶沾了水面一下，那小圓暈便一圈一圈的蕩漾了開去。那邊還有飛倦了的幾對，閒散的憩息於纖細的電線上——嫩藍的春天，幾枝木桿，幾痕細線連於桿與桿間，線上是停著幾個粗而有致的小黑點，那便是燕子，是多麼有趣的一幅圖畫呀！還有一家家的快樂家庭，他們還特為我們的小燕子備了一個兩個小巢，放在廳梁的最高處，假如這家有了一個匾額，那匾後便是小燕子最好的安巢之所。第一年，小燕子來住了，第二年，我們的小燕子，就是去年的一對，牠們還要來住。

「燕子歸來尋舊壘。」

還是去年的主，還是去年的賓，他們賓主間是如何的融融泄泄呀！偶然的有幾家，小燕子卻不來光顧，那便很使主人憂戚，他們邀召不到那麼雋逸的嘉賓，每以為自己運命的蹇劣呢。

這便是我們故鄉的小燕子，可愛的活潑的小燕子，曾使幾多的孩子們歡呼著，注意著，沉醉著，曾使幾多的農人們市民們憂戚著，或舒懷的指點著，且曾平添了幾多的春色，幾多的生趣於我們的春天的小燕子！

如今，離家是幾千里，離國是幾千里，託身於浮宅之上，奔馳於萬頃海濤之間，不料卻見到我們的小燕子。

這小燕子，便是我們故鄉的那一對，兩對麼？便是我們今春在故鄉所見的那一對，兩對麼？

見了牠們，遊子們能不引起了，至少是輕煙似的，一縷兩縷的鄉愁麼？

海水是皎潔無比的蔚藍色，海波是平穩得如春晨的西湖一樣，偶有微風，只吹起了絕細絕細的千萬個粼粼的小皺紋，這更使照晒於初夏之太陽光之下的、金光燦爛的水面顯得溫秀可喜。我沒有見過那麼美的海！天上也是皎潔無比的蔚藍色，只有幾片薄紗似的輕雲，平貼於空中，就如一個女郎，穿了絕美的藍色夏衣，而頸間卻圍繞了一段絕細絕輕的白紗巾。我沒有見過那麼美的天空！我們倚在青色的船欄上，默默地望著這絕美的海天；我們一點雜念也沒有，我們是被沉醉了，我們是被帶入晶天中了。

就在這時，我們的小燕子，二隻，三隻，四隻，在海上出現了。牠們仍是雋逸的從容的在海面上斜掠著，如在小湖面上一樣；海水被牠的似剪的尾與翼尖一打，也仍是連漾了好幾圈圓暈。小小的燕子，浩莽的大海，飛著飛著，不會覺得倦麼？不會遇著暴風疾雨麼？我們真替牠們擔心呢！

小燕子卻從容地憩著了。牠們展開了雙翼，身子一落，落在海面上了，雙翼如浮圈似的支持著體重，活是一隻烏黑的小水禽，在隨波上下的浮著，又安閒，又舒適。海是牠們那麼安好的家，我們真是想不到。

在故鄉，我們還會想像得到我們的小燕子是這樣的一個海上英雄麼？

海水仍是平貼無波，許多絕小絕小的海魚，為我們的船所驚動，群向遠處竄去；隨了牠們飛竄著，水面起了一條條的長痕，正如我們當孩子時之用瓦片打水漂在水面所划起的長痕。這小魚是我們小燕子的糧食麼？

小燕子在海面上斜掠著，浮想著。牠們果是我們故鄉的小燕子麼？啊，鄉愁呀，如輕煙似的鄉愁呀。

回過頭去——獻給上海的諸友

回過頭去，你將望見那些向來不曾留戀過的境地，那些以前曾匆匆的吞嚼過的美味，那些使你低徊不已的情懷，以及一切一切；回過頭去，你便如立在名山之最高峰，將一段一段所經歷的勝蹟及來路都一一重新加以檢點、溫記；你將永忘不了那蜿蜒於山谷間的小徑，襯托著夕陽而愈幽情，你將永忘不了那滿盈盈的綠水，望下去宛如一盆盛著綠藻金魚的晶缸，你將忘不了那金黃色的寺觀之屋頂、塔尖，它們聳峙於柔黃的日光中，隱若使你憶記那屋蓋下面的偉大的種種名蹟。尤其在異鄉的客子，當著淒淒寒雨，敲窗若泣之際，或途中的遊士，孤身寄跡於舟車，離愁填滿胸懷而無可告訴之際，最會回過頭去。

如今是輪到我回過頭去的份兒了。

孤舟——舟是不小，比之於大洋，卻是一葉之於大江而已——奔馳於印度洋上，有的是墨藍的海水，海水，海水，還有那半重濁、半晴明的天空；船頭上下的簸動著，便如那天空在動盪；水與天接處的圓也有韻律的一上一下移動。第一天，第二天，第三天，一直是如此。沒有片帆，沒有一縷的輪煙，沒有半節的地影，便連前幾天在中國海常見的孤峙水中的小島也沒有。呵，我們是在大海洋中，是在大海洋的中央了。我開始對於海有些厭倦了，那海是如此單調的東西。我坐在甲板上，船欄外便是那墨藍色的海水，海水，海水。勉強地閉了兩眼，一張眼便又看見那墨藍色的海水，海水，海水。我不願看見，但它永遠是送上眼來。到艙中躺下，艙洞外，又是那奔騰而過的墨藍色的海水，海水，海水。閉了眼，沒用！在上海，春夏之交，天天渴望著有一場舒適的午睡。工作日不敢睡；可愛的星期日要預備設法享用了它，不忍睡。於是，終於不曾有過一次舒適的午睡。現在，在海上，在舟中，厭倦，無聊，無工作，要午睡多麼久都不成問題，然而奇怪！閉了眼，沒用！臉向內，向外，朝天花板，埋在枕下，都沒用！我不能入睡。艙洞外的日光，映著海波而反照入天花板上，一搖一閃，宛如濃蔭下樹枝被風吹動時的日光。永久是那樣的有韻律的一搖一閃。船是那樣的簸動，床墊是如有人向上頂又往下拉似的起伏著；還是甲板上是最舒適的所在。不得已又上了甲板。甲板上有我的躺椅。我上去了見一個軍官已占著它，說了聲 Pardon，他便立起來走開；讓我坐下了。前面船欄外是那墨藍色的海水，海水，海水，左右儘是些異邦之音，在高談，在絮語，在調情，在取笑，面前，時時並肩走過幾對的軍官，又是有韻律似的一來一往的走過面前，好似肚內裝了法條的小兒玩具，一點也不變動，一點也不肯改換它們的路徑、方向、步法。這些機械的無聊的散步者，又使我生了如厭倦那深藍色的海水，海水，海水似的厭倦。

一切是那樣的無生趣，無變化。

往昔，我常以日子過得太快而暗自心驚，一個星期，一個星期，如白鼠在籠中踏轉輪似的那麼快的飛過去。如今那下午，那黃昏，是如何的難消磨呀！鐺鐺鐺，打了報時鐘之後，等待第二次的報時鐘的鐺鐺鐺，是如何的悠久呀！如今是一時一刻的挨日子過，如今是強迫著過那有韻律的無變化的生活，強迫著見那一切無生趣無變動的人與物。

在這樣的無聊賴中，能不回過頭去望著過去麼？

呵，呵，那麼生動，那麼有趣的過去。

長臉人的愈之面色焦黃，手指與唇邊都因終日香煙不離而形成了洗滌不去的垢黃色，這曾使法租界的偵探誤認他為煙犯而險遭拘捕，又加之以兩劈疏朗朗的往下墮的髫子，益成了他的使人難忘的特徵。我是最要和他打趣的。他那樣的無抵抗的態度呀！

伯祥，圓臉而老成的軍師，永遠是我們的顧問；他那談話與手勢曾迷惑了我們的全體與無數的學生；只有我是常向他取笑的，往往的「伯翁這樣」、「伯翁那樣」的說著，笑著；他總是淡然的說道：「伯翁就是那樣好了。」只有聖陶和頡剛是常和他爭論的，往往爭論得面紅耳熱。

予同，我們同伴中的翩翩少年；春二三月，穿了那件湖色的紡綢長衫，頭髮新理過，又香又光亮，和風吹著他那件綢衫，風度是多麼清俊呀！假如站在水涯，臨流自照，能不顧影自憐！可惜閘北沒有一條清瑩的河流。

聖陶，別一個美秀的男性；那長到耳邊的髫子如不剃去，卻活是一個林長民——當然較他漂亮——剃了，卻回復了他的少年，湖色的夾綢衫；漂亮——

青緞馬褂，畢恭畢敬的舉止，唯唯訥訥若無成見的謙抑態度，每個人見了都要疑心他是一個「老學究」。準也料不到他是意志極堅強的人。這使他老年了不少，這使他受了許多人的敬重。

東華，那瘦削的青年，是我們當中的最豪邁者。今天他穿著最漂亮的一身冬衣，明天卻換了又舊又破的袷衣，凍得索索抖：無疑的，他的冬衣是進了質庫。他常失蹤了一二天，然後又埋了頭坐在書桌上寫譯東西，連午飯也可以不吃，晚間可以寫到明天三四點鐘。他可以拿那樣辛苦得來的金錢，一擲千金無悔。我們都沒有他那樣的勇氣與無思慮。

調孚，他的矮身材，一見了便使人不會忘記。他向不放縱，酒也不喝，一放工便回家；他總是有條有理的工作著，也不訴苦也不誇揚。但有時，他也似乎很懶，有人拿東西請他填寫，那是很重要的，他卻一擱數月，直到了事變了三四次，他卻始終未填！我猜想，他在家庭裡是一個太好的父親了。

石岑，我想到他的頭上臉上的白斑點，不知現在已否退去或還在擴大它的領土。他第一次見人，永遠是懇懇切切的，使人沉醉在他的無比的好意中。有時卻也曾顯出他的嶄絕嚴厲的態度，我曾見他好幾次吩咐門房說，有某人找他，只說他不在。他的談話，是伯翁的對手。他曾將他的戀愛故事，由上海直說到鎮江，由夜間十一時直說到第二天天色微明，這是一個不能忘記的一夜，聖陶、伯翁他們都感到深切的趣味。還有，他的耳朵會動，如貓狗兔似的，他曾因此引動了好幾百個學生聽講的趣味。

還有，鎮靜而多計謀的雁冰，易羞善怒若小女子的仲雲，他們可惜都在中國的中央，我們有半年以上不見了。

還有，聲帶尖銳的雪村老闆，老幹事故的乃乾，渴想放蕩的錦暉，宣傳人道主義的聖人傅彥長，還有許多許多——時刻在念的不能一一寫出來的朋友們。

這些朋友一個個都若在我面前現出。

有人寫信來問我說：「你們的生活是閉戶著書，目不窺園呢，還是天天卡爾登，夜夜安樂宮呢？」很抱歉的，我那時沒有回答他。

說到我們的生活，真是穩定而無奇趣，我們幾乎是不住在上海似的，固然不能說我們目不窺園——因為涵芬樓前就有一個小園子，我們曾常常去散散步——然而天天卡爾登的福氣，我們可真還不曾享著。在我們的群中，還算是我，是一個常常跑到街上的人，一個星期中，總有兩三個黃昏是在外面消磨過的，但卻不是在什麼卡爾登、安樂宮。有什麼好影電影，便和君箴同到附近影戲院中去看，偶然也一個人去，遠處的電影院便很少能使我們光顧了——

「今天 Apollo 的電影不壞，聖陶，你去麼？」

「不，今天不去。」

「又要等到禮拜天才去麼？」

他點點頭。他們都是如此，幾乎非禮拜天是不出閘北的。

除了喝酒，別的似乎不能打動聖陶和伯祥破例到「上海」去一次。

「今天喝酒去麼？」

他們遲疑著。

「伯翁，去吧！去吧！」我半懇求地說。

「好的，先回家去告訴一聲。」伯祥微笑的說，「大約你夫人又出去打牌了，所以你又來拉我們了。」我沒有話好說，只是笑著。

「那麼，走好了，愈之去不去？去問一聲看。」聖陶說。

愈之雖不喝酒——他真是滴酒不入口的；他自己說，有一次在吃某親眷的喜酒時，因為被人強灌了兩杯酒，竟至昏倒地上，不省人事了半天。我們怕他昏倒，所以不敢勉強他喝酒——然而我們卻很高興邀他去，他也很高興同去。有時，予同也加入。於是我們便成了很熱鬧的一群了。

那酒店——不是言茂源便是高長興——總是在四馬路的中段，那一段路也便是舊書鋪的集中地。未入酒店之前，我總要在這些書鋪裡張張望望好一會。這是聖陶所最不高興而伯祥、愈之所淡然的，我不願意以一人而牽累了大家的行動，只得悵然的匆匆地出了鋪門，有時竟至於望門不入。

我們要了幾壺「本色」或「京莊」，大約是「本色」為多。每人面前一壺。這酒店是以賣酒為主的，下酒的菜並不多。我們一邊吃，一邊要菜。即平常不大肯入口的蠶豆、毛豆在這時也覺得很有味。那琥珀色的「京莊」，那象牙色的「本色」，傾注在白瓷裡的茶杯中，如一道金水；那微澀而適口的味兒，每使人沉醉而不自覺。聖陶、伯祥是保守著他們日常飲酒的習慣，一小口一小口，從容地喝著但偶然也肯被迫的一口喝下了一大杯。我起初總喜歡豪飲，後來見了他們的一小口一小口的可以喝多量而不醉，便也漸漸地跟從了他們。每人大約不過是二三壺，便陶然有些酒意了。我們的閒談源源不絕；那真是閒談，一點也沒有目的，一點也無顧忌。盡有說了好幾次的話了，還不以為陳舊而無妨再說一次，我卻總以愈之為目的而打趣他，他無法可以抵抗；「隨他去說好了，就是這樣也不要緊。」他往往的這樣說。呵，我真思念他。假定他也同行，我們的這次旅遊，便沒有這樣孤寂了！我說話往往得罪人，在生人堆裡總強制著不敢多開口，只有在我們的群裡是無話不談，是盡心盡意而傾談著，說錯了不要緊，誰也不會見怪的，誰也不會肆無忌憚的。呵，如今我與他們是遠隔著千里萬里了；孤孤踽踽，時刻要留意自己的語言，何時再能有那樣無顧忌的暢談呀！

我們盡了二三壺酒，時間是八九點鐘了，我們不敢久停留，於是大家便都有歸意。又經過了書鋪，我又想去看看，然而礙著他們，總是不進門的時候居多。不知怎樣的，我竟是如此的「積習難忘」呀。

有幾次獨自出門，酒是沒有興致獨自喝著，卻肆意的在那幾家舊書鋪裡東翻西挑挑。我買書不大講價，有時買得很貴，然因此倒頗有些好書留給我。有時走遍了那幾家而一無所得；懊喪沒趣而歸，有時卻於無意得到那尋找已久的東西，那時便如拾到一件至寶，心中充滿了喜悅。往往的，獨自的到了一家菜館，以杯酒自勞，一邊吃著，一邊翻翻看看那得到的書籍。如果有什麼憂愁，如果那一天是曾碰著了不如意的事，當在這時，卻是忘得一乾二淨，心中有的只是「滿足」。

呵，有書癖者，一切有某某癖者，是有福了！

我嘗自恨沒有過過上海生活；有一次，亡友夢良、六兒經過上海，我們在吉升棧談了一夜。天將明時六兒要了三碗白糖粥來吃。那甜美的粥呀，滑過舌頭，滑下喉口，是多麼爽美，至今使我還忘不了它。去年的陰曆新年，我因過年時曾於無意中多剩下些錢，便約了好些朋友暢談了一二天、一二夜；曾有一夜，喝了酒後，借了予同、錦暉、彥長他們到卡爾登舞場去一次，看那些翩翩的一對對舞侶，看那天花板上一明一亮的天空星月的象徵，也頗為之移情。那一夜直至明早二時方歸家。再有一夜，約了十幾個人，在一品香借了一間房子聚談；無目的的談著，談著，談著，一直到了第二天早晨。再有一次是在惠中。心南先生第二天對我說：

「我昨夜到惠中去找朋友，見客牌上有你的名字，究竟是不是你？」

「是的，是我們幾個朋友在那裡閒談。」

他覺得有些詫異。

地山回國時，我們又在一品香談了一夜。彥長、予同、六逸，還有好些人，我們談得真高興，那高朗的語聲也許曾驚擾了鄰人的夢，那是我們很抱歉的！我們曾聽見他們的低語，他們著了拖鞋而起來滅電燈。當然，他們是聽得見我們的談話。

除了偶然的幾次短旅行，我和君箴從沒有分離過一夜；這幾夜呀，為了不能自制的談興卻冷落了她！

六逸，一個胖子，不大說話的，乃是我最早的鄰居之一；看他肌肉那麼盛滿，卻是常常的傷風。自從他結婚以後，卻不和我們在一處了。找他出來談一次，是好不容易呀。

我們的「上海」生活不過是如此的平淡無奇，我的回憶不過是如此的平淡無奇。然而回過頭去，我不禁悵然了！一個個的可戀念的舊友，一次次的忘不了的稱心稱意的談話，即今細唸著、綳味著，也還可以暫忘了那抬頭即見的墨藍色的海水，海水，海水呢。

同舟者

今天午餐剛畢，便有人叫道：「快來看火山，看火山！」我們知道是經過義大利了，經過那風景秀麗的義大利了；來不及把最後的一口咖啡喝完，便飛快地跑上了甲板。

船在義大利的南端駛過，明顯的看得見山上的樹木，山旁的房屋。轉過了一個彎，便又看見西西利島的北部了；這個山峽，水是鏡般平。有幾隻小舟駛過，那舟上的搖櫓者也可明顯的數得出是幾個人。到了下午二時，方才過盡了這個山峽。

啊，我們是已經過義大利了，我們是將到馬賽了；許多人都欣欣的喜色溢於眉宇，而我們是離家遠了，更遠了！

啊，我們是將與一月來相依為命的「阿托士」告別了，將與許多我們所喜的所憎的許多同舟者告別了。這個小小的離愁也將使我們難過。真的是，如今船中已是充滿了別意了。一個軍官走過來說：

「明天可以把椅子抛在海上了。」

一個葡萄牙水兵操著跟我們說的一般不純熟的法語道：

「後天，早上，再會，再會！」

有的人在互抄著各人的通信地址，有的人在寫著要報關的貨物及衣服單，有的人在忙著收拾行裝。

別了，別了，我們將與這一月來所託命的「阿托士」別了！

在這將離別的當兒，我們很想恰如其真的將我們的幾個同舟者寫一寫：他們有的是曾給我們以許多幫忙，有的是曾使我們起了很激烈的惡感的。然而，謝上帝，我是自知自己的錯誤了；在我們所最厭惡者之中，竟有好幾個是使我們後來改變了厭惡的態度的。願上帝祝福他們！我是如何的自慚呀！我覺得沒有一個人是壓根兒的壞的，我們應該愛人類，愛一切的人類！

第一個使我們想起的是一位葡萄牙太太和她的公子。她是一位真胖的女子，終日喋喋多言。自從香港上船後，一班軍官便立刻和她熟悉了，有說有笑的，態度很不穩重。許多正人君子，便很看不起她。在甲板上，在餐廳中，她立刻是一個眾目所注的中心人物了。然而，後來我們知道她並不是十分壞的人。在印度洋大風浪中的幾天，她都躺在房中沒出來，也沒人去理會她——飯廳中又已有了一個更可注目的人物了，誰還理會到她。這個後來的人物，我下文也要一寫——據說，她暈船了，然而在頭暈腳軟之際，還勉強地為她兒子洗衣服。剛洗不到一半，便又軟軟地躺在床上輕嘆了一口氣。她跟我們很好。在暈船那幾天，每天傍晚，都借了我的籐椅，躺在甲板上休息著。那幾天，剛好魏也有病，他的椅子空著，我自然是很樂意的把自己所不必用的椅子借給她。她坐慣了我的椅子，每天都自動地來坐。她坐在那裡，說著她的丈夫，說著她的跳舞，「別看我身子胖，許多人和我跳舞過的，都很驚詫於我的『身輕如燕』呢」；還說著她女兒時代的事，說著她剖了肚皮把孩子取出的事，說著她兒子的不聽話而深為嘆息。她還輕聲的唱著，唱著。聽見三層樓客廳裡的隱約的音樂聲，便雙腳在甲板上輕蹬著，隨了那隱約的樂聲。船過了亞丁，是風平浪靜了，許多倒在床上的人都又立起來活動著。魏的病也好了。我於每日午、晚二餐後，便有無椅可坐之感，然而我卻是不能久立的。於是，躊躇又躊躇，有一天黃昏，只得向她開口了：

「夫人，我坐一會椅子可以不可以。」

她立刻站起來了，說道：「拿去，拿去！」

「十分的對不起！」

「不要緊，不要緊。」

我把我的椅子移到西邊坐著，我們的幾個人都在一處。隔了不久，她又立在我們附近的船欄旁了，且久立著不走。我非常難過，很想站起來讓她，然怕自此又成了例，只得躊躇著，躊躇著，這些時候是我在船上所從沒有遇到的難過的心境，然而她終於走開了。自此，她有一二天不上甲板，還有一頓飯是房裡吃的。後來，即上了甲板，也永遠不再坐著我們的椅子。我一見她的面，我便難過，我只想躲避了她。

她的兒子 Jim 最初也使我們不喜歡，一臉的頑皮相，我們互相說道：「這孩子，我們別惹他吧。」真的，我們一個人也不曾理他。他只同些軍官們鬧鬧，隔了好幾天，他也並不見怎麼愛鬧，我開始見出我的錯誤。到西貢後，船上又來了二個較小的孩子。Jim 帶領了他們玩，也不大欺負他們。我們看不出他的壞處。在他的十歲生日時，我還為他和他母親照了一個相。然而他母親卻終於在這日沒有一點舉動，也沒有買一點禮物給他。在這一路上，沒有見他吃過一點零食，沒有見他哭過一聲，對母親也還順和。別人上岸去，帶了一包一包東西回來，他從來沒有鬧著要；許多賣雜物的人上船來，他也從不向他母親要一個兩個錢來買。這樣的孩子還算是壞麼？我頗難過自己最初對他之有了厭惡心。學昭女士還說——她本是與他們同一個房間的——每天早晨起來時，或每晚就寢時，這個孩子，一定要做一回禱告；這個小小的人兒，穿著睡衣，赤著足兒，跪在地上箱上，或板上，低聲合掌的唸唸有詞；唸完了，便睜開眼望著他母親叫了聲「媽」。這幅畫夠多麼動人！

一位白髮蕭蕭的老頭兒，在西貢方才上船來，他的飯廳上的座位，恰好可以給我們看得見。我不曉得他已有了多少年紀，只看他向下垂掛著的白鬚，迎著由窗口吹進來的風兒，一根根的微飄著；那樣的銀鬚呀，至少增加他以十分的莊嚴，十二分的美貌。他沒有一個朋友，鎮日坐著走著，精神彷彿很好。過了好幾天，他忽然對我們這幾個人很留意。他最先送了一個禮物來，那是由他親手做成的，一個用線和硬紙板剪綴成的人形，把線一拉手足便會活動著。紙上還用鋼筆畫了許多眉目口鼻之類。老實說，這人形並不漂亮，然而這老人的皺紋重重的手中做出的禮物，我們卻不能不慎重地領受著，慎重地保存著。他很好事，常常到我們桌子上來探探問問。什麼在他都是新奇的：照相機也要看看，餅乾也要問這是中國的或別國的；還很詫異的看著我們寫字；我寫著橫行的字，這使他更奇怪：「是中國字麼？中國是直行向下寫的。」直到了我們告訴他這是新式的寫法，他方才無話，然而「詫異」似還掛在他的眉宇間。有一天，他看見一位穿著牧師的黑衣的西班牙教士來探望我們，他一直注目不已。這位教士剛走出飯廳門口，他便跑來殷殷的查問了：「是中國人麼？是天主教牧師麼？」人家說，老人是像孩子的。這句話真不錯，他簡直是一位孩子。聽說——因為我沒有看見——那幾天他執了剪刀、硬紙板、針和線，做了不少這些活動的人形分給同飯廳的孩子們，然而沒有一個孩子和他親熱。軍官們、少年們、太太們，沒有一個人理會他。這幾天，他是由房裡取出一個袋子來，獨自坐在椅上，把袋子裡的絨線、長針都搬出，在那裡一針一針的編織著絨線衣衫。他織得真不壞！這絨線衫是做了給誰的呢？我猜不出，我也不想猜。然而我每見了這位白髮蕭蕭而帶著童心的孤獨的老人，我便不禁有一種無名的感動。

一位瘦瘦的男人，和一位瘦瘦的他的妻，最惹我們討厭。第一天上船，他們的一個小孩子便啼哭不止，幾乎是整夜的哭。徐、袁、魏三位的房門恰對著他的房門。他們談話的聲音略高，那瘦丈夫便跑來干涉，說是怕擾了孩子的睡眠。他們門窗沒有放下，那瘦丈夫又跑來說，有女太太在對門不方便。這使他們非常的氣憤。那樣瘦得只剩皮和骷髏的臉，唇邊兩劈（撇）烏濃的黑鬍子，一見面便使人討厭。後來，他們終於遷居了一個房間，彷彿孩子也從此不哭了。他們夫妻倆似乎也很沉默，不大和人說話，我們也不大理會他們。他們那兩個孩子可真有趣，大的女孩不過五歲，已經能夠做事了——當她母親暈船的那幾天，她每頓飯總要跑好幾趟路，又是麵包、冷水，又是菜。我見了那小小的人兒、小小的手兒，慎重其事的把大盆子、大水杯子捧著，走過我的面前，我幾乎要脫口的說道：「小小的朋友，讓我替妳拿去了吧。」當然，這不過是一瞬間的幻想，並沒有真的替她拿過。他們的小女孩子，那是更小了，需有人領著，才會在甲板上走。她那雙天真的小黑眼，東方人的圓圓的小臉，常常笑著看著人。我不相信，她便是那位曾終夜啼哭過的孩子。

再有，上文說起過的那位胖女人，她也是由西貢上船來的。我不是說過了麼，有了她一上船，那位葡萄牙太太便失了為軍官們所注意的中心人物麼？她胖得真可笑，身重至少比那位葡萄牙的胖太太要加重二分之一。她終日的笑聲不絕，和那些軍官玩笑得更為下流。我們不由得不疑心她是一個妓女。那些和她開玩笑的軍官，都是存心要逗她玩玩的，只要看他們那樣的和同伴們擠小眼兒便可見，然而她似乎一點也沒有覺到這些。她是真心真意的說著、笑著、唱著、鬧著、快樂著，不惜以她自己為全甲板、全飯廳的人的笑料。沒有一個人見了她不搖搖頭。她常不穿襪子，裸著半個上身，半個下身，拖著一雙睡鞋，就這樣的入飯廳、上甲板。啊，那肥胖到褶掛下來的黃色肌肉，走一步顫抖一下的，使我見了幾乎要發嘔。我躺在籐椅上，一見她走過便連忙閉了眼不敢望她一下。沒有一個同舟的人比之她使我更厭惡的。有一次，她忽然和一位兔臉兒的軍官，大開玩笑。她收集了好幾瓶的未吃的紅酒，由這桌到那桌的收集著，盡往兔臉軍官那兒送去。兔臉軍官立了起來，滿懷抱都是酒瓶。他做的那副神情真使人發笑，於是全飯廳的人都拍了掌。從這一天起，她便每天由這桌到那桌的收集了紅酒往兔臉軍官那兒送去。只有我們這個桌子，她沒有來光顧過；她往往望著我們的酒瓶，我們的酒瓶早已空了。有一天，隔壁桌兒上的軍官，故意的把水裝滿了一瓶放在我們桌上。她來取了，倒還機靈，先倒來一試，說道水，又還給我們了。總算我們的桌上，她是始終沒有光顧過。後來，船到了波賽，不知什麼時候她已上岸了。她的座位上換了一個討厭的新聞記者，而飯廳裡不復聞有笑聲。

講起兔臉軍官來，我也覺得了自己的錯誤，有一天，他在 Lavatory 門口對我說了一聲「Bonjour」，我勉強地還了一聲。然而他除了和胖女人逗趣外，並無別的討厭的事。在甲板上，他常常帶領了幾個孩子們玩耍，細心而且體貼。Jim 連連的捏了他的紅鼻子，他並不生氣，只是笑嘻嘻的，還替兩個孩子造了兩個小車，放在滿甲板上跑。他總是嘻嘻笑的，對了我總是點頭。

啊，在這裡，人是沒有討厭的，我是自知自己的錯誤了。然而那瘦臉的新聞記者，那因偷錢而被貶入四等艙而常到三等艙來的魔術家，我卻是始終討厭他們的。

不，上帝原諒我，我沒有和他們深交，做與他們也有可愛之處而為我們所不知道呢！

還有，許許多多的軍官、同伴，幫忙我們不少的，早有別的人寫了，我且不重複，姑止於此。

我在此，得了一個大教訓，是：人都是好的。

黃昏的觀前街

我剛從某一個大都市歸來。那一個大都市，說得漂亮些，是鄉村的氣息較多於城市的。它比城市多了些鄉野的荒涼況味，比鄉村卻又少了些質樸自然的風趣。疏疏的幾簇住宅，到處是綠油油的菜圃，是蓬蒿沒膝的廢園，是池塘半繞的空場，是已生了荒草的瓦礫堆。晚間更是淒涼。太陽剛剛西下，街上的行人便已「寥若晨星」。在街燈如豆的黃光之下，踽踽的獨行著，瘦影顯得更長了，足音也特別的寂寥。遠處野犬，如豹的狂吠著。黑衣的警察，幽靈似的扶槍立著。在前面的重要區域裡，彷彿有「站住」、「口號」的呼叱聲。我假如是喜歡都市生活的話，我真不會喜歡到這個地方；我假如是喜歡鄉間生活的話，我也不會喜歡到這個所在。我的天！還是趁早走了吧。（不僅是「浩然」，簡直是「凜然有歸志」了！）

歸程經過蘇州，想要下去，終於因為捨不得拋棄了車票上的未用盡的一段路資，蹉跎的被火車帶過去了，歸後不到三天，長個子的樊與矮而美髯的孫，卻又拖了我逛蘇州去。早知道有這一趟走，還不中途而下，來得便利麼？

我的太太是最厭惡蘇州的，她說舒舒服服地坐在車上，走不了幾步，卻又要下車過橋了。我也未見得十分喜歡蘇州；一來是，走了幾趟都買不到什麼好書，二來是，住在閶門外，太像上海，而又沒有上海的繁華。但這一次，我因為要換換花樣，卻拖他們住到城裡去。不料竟因此而得到了一次永遠不曾領略到的蘇州景色。

我們跑了幾家書鋪，天色已經漸漸地黑下來了，樊說：「我們找一個地方吃飯吧。」飯館裡是那麼樣的擁擠，走了兩三家，才得到了一張空桌。街上已上了燈。樓窗的外面，行人也是那麼樣的擁擠。沒有一盞燈光不照到幾堆子人的，影子也不落在地上，而落在人的身上，我不禁想起了某一個大城市的荒涼情景，說道：「這才可算是一個都市！」

這條街是蘇州城繁華的中心的觀前街。玄妙觀是到過蘇州的人沒有一個不熟悉的；那麼粗俗的一個所在，未必有勝於北平的隆福寺、南京的夫子廟、揚州的教場。觀前街也是一條到過蘇州的人沒有一個不曾經過的，那麼狹小的一道街，三個人並列走著，便可以不讓旁的人走，再加以沒頭蒼蠅似的亂鑽而前的人力車，或籮或桶的一擔擔的水與蔬菜，混合成了一個道地的中國式的小城市的擁擠與紛亂無秩序的情形。

然而，這一個黃昏時候的觀前街，卻與白晝大殊。我們在這條街上舒適的散著步，男人，女人，小孩子，老年人，摩肩接踵而過，卻不喧譁，也不推擁。我所得到的蘇州印象，這一次可說是最好。——從前不曾於黃昏時候在觀前街散步過。半里多長的一條古式的石板街道，半部車子也沒有，你可以安安穩穩的在街心踱方步。燈光耀耀煌煌的，銅的，布的，黑漆金字的市招，密簇簇的排列在你的頭上，一舉手便可觸到了幾塊。茶食店裡的玻璃匣，亮晶晶的在繁燈之下發光，照得匣內的茶食通明的映入行人眼裡，似欲伸手招致他們去買幾色蘇製的糖食帶回去。野味店的山雞野兔，已烹製的，或尚帶著皮毛的，都一串一掛的懸在你的眼前——就在你的眼前，那香味直撲到你的鼻上。你在那裡，走著，走著。你如走在一所遊藝園中，你如在暮春三月，迎神賽會的當兒，擠在人群裡，跟著他們跑，興奮而感到濃趣。你如在你的少小時，大人們在做壽，或娶親，地上鋪著花毯，天上張著錦幔，長隨打雜老媽丫頭，客人的孩子們，全都穿戴著嶄新的衣帽，穿梭似的進進出出，而你在其間，隨意的玩耍，隨意的奔跑。你白天覺得這條街狹小，在這時，你才覺得這條街狹小得妙。它將你緊壓住了，如夜間將自己的手放在心頭，做了很刺激的夢；它將你緊緊地擁抱住了，如一個愛人身體的熱情的擁抱；它將所有的寶藏，所有的繁華，所有的可引動人的東西，都陳列在你的面前，即在你的眼下，相去不到三尺左右，而別用一種黃昏的燈紗籠罩了起來，使它們更顯得隱約而動情，如一位對窗裡面的美人，如一位躲於綠帝後的少女。她假如也像別的都市的街道那樣的開朗闊大，那麼，你便將永遠感不到這種親切的繁華的況味，你便將永遠受不到這種緊緊地箍壓於你的全身，你的全心的懊暖而溫薄的情趣了。你平常覺得這條街閒人太多，過於擁擠，在這時卻正顯得人多的好處。你看人，人也看你；你的左邊是一位時裝的小姐，你的右邊是幾位隨了丈夫父親上城的鄉姑，你的前面是一二位步履維艱的道地的蘇州佬，一二位尖帽薄履的蘇式少年，你偶然回過頭來，你的眼光卻正碰在一位容光射人，衣飾過麗的少奶奶的身上。你的團團轉轉都是人，都是無關係的無關心的最馴良的人；你可以舒舒適適的踱著方步，一點也不用擔心什麼。這裡沒有趁機的偷盜，沒有誘人入魔窟的「指導者」，也沒有什麼電掣風馳，左衝右撞的一切車子。每一個人都是那麼安閒的散步著，散步著；川流不息的在走，肩摩踵接的在走，他們永不會猛撞著你身上而過。他們是走得那麼安閒，那麼小心。你假如偶然過於大意的撞了人，或踏了人的足——那是極不經見的事！他們抬眼望瞭望你，你對他們點點頭，表示歉意，也就算了。大家都感到一種的親切，一種的無損害，一種的無憂無慮的生活；大家都似躲在一個樂園中，在明月之下，綠林之間，悠閒的微步著，忘記了園外的一切。

那麼鱗鱗比比的店房，那麼密密接接的市招，那麼耀耀煌煌的燈光，那麼狹狹小小的街道，竟使你抬起頭來，看不見明月，看不見星光，看不見一絲一毫的黑暗的夜天。它使你不知道黑暗，它使你忘記了這是夜間。啊，這樣的一個「不夜之城」！

「不夜之城」的巴黎，「不夜之城」的倫敦，你如果要看，你且去歌劇院左近走著，你且去辟加德菜圈散步，準保你不會有一刻半秒的安逸；你得時時刻刻的擔心，時時刻刻的提防著，大都市的災害，是那麼多，每個人都是匆匆的走馬燈似的向前走，你也得匆匆的走；每個人都是緊張著，矜持著，你也自然得會緊張著，矜持著。你假如走慣了黃昏時候的觀前街，你在那裡準得要吃大苦頭。除非你已將老脾氣改得一乾二淨。你假如為店鋪中的窗中的陳列品所迷住了，譬如說，你要站住了仔仔細細的看一下，你準得要和後面的人猛碰一下，他必定要詫異地瞭望你，雖然嘴裡說的是「對不起」。你也得說「對不起」，然而你也飽受了他，以至他們的眼光的奚落。你如走到了歌劇院的階前，你如走到了那爾遜的像下，你將見斗大的一個個市招或廣告牌，閃閃在發光；一片的燈光，映射得半個天空紅紅的。然而那裡卻是如此的開朗敞闊、建築物又是那麼的宏偉，人雖擁擠。卻是那樣的渺小可憐，Taxi 和 Bus 也如小甲蟲似的，如紅蟻似的在一連串的走著。大半個天空是黑漆漆的，幾顆星在冷冷的映著眼看人。大都市的榮華終敵不住黑夜的侵襲。你在那裡，立了一會，只要一會，你便將完全的領受到夜的淒涼了。像觀前街那樣的懊暖溫滾之感，你是永遠得不到的。你在那裡是孤零的，是寂寞的，算不定會有什麼飛災橫禍光臨到你身上，假如你要一個不小心。像在觀前街的那麼舒適無慮的親切的感覺，你也是永遠不會得到的。

有觀前街的懊暖溫馥與親切之感的大都市，我只見到了一個委尼司；即在委尼司的 St. Mark 方場的左近。那裡也是充滿了閒人，充滿了緊壓在你身上的懊暖的情趣的；街道也是那麼狹小，也許更要狹，行人也是那麼擁擠，也許更要擁擠，燈光也是那麼輝輝煌煌的，也許更要輝煌。有人口口聲聲的稱呼蘇州為東方的委尼司；別的地方，我看不出，別的時候，我看不出，在黃昏時候的觀前街，我卻深切的感到了。——雖然觀前街少了那麼弘麗的 Piazza of St. Mark，少了那麼輕妙的此奏彼息的樂隊。

訪箋雜記

我搜求明代雕版畫已十餘年。初僅留意小說戲曲的插圖，後更推及於畫譜及他書之有插圖者。所得未及百種。前年冬，因偶然的機緣，一時獲得宋、元及明初刊印的出相佛道經二百餘種。於是宋、元以來的版畫史，粗可蹤跡。間亦以餘力，旁鶩清代木刻畫籍。然不甚重視之。像〈萬壽盛典圖〉、〈避暑山莊圖〉、〈泛槎槎圖〉、〈百美新詠〉一類的畫，雖亦精工，然頗嫌其匠氣過重。至於流行的箋紙，則初未加以注意。為的是十年來，久和毛筆絕緣。雖未嘗不欣賞《十竹齋箋譜》、《蘿軒變古箋譜》，卻視之無殊於諸畫譜。

約在六年前，偶於上海有正書局得詩箋數十幅，頗為之心動；想不到今日的刻工，尚能有那樣精麗細膩的成績。彷彿記得那時所得的箋畫，刻的是羅西峰的小幅山水，和若干從《十竹齋畫譜》描摹下來的折枝花卉和蔬果。這些箋紙，終於捨不得用，都分贈給友人們，當做案頭清供了。

這也許便是訪箋的一個開始。然上海的忙碌生活，壓得我透不過氣來，哪裡會有什麼閒情逸趣，來蒐集什麼。

一九三一年九月，我到北平教書。琉璃廠的書店，斷不了我的足跡。有一天，偶過清祕閣，選購得箋紙若干種，頗高興，覺得較在上海所得的，刻工、色彩都高明得多了。仍只是作為禮物送人。

引起我對於詩箋發生更大的興趣的是魯迅先生。我們對於木刻畫有同嗜。但魯迅先生所搜求的範圍卻比我廣泛得多了：他嘗斥資重印《士敏士》之圖數百部——後來這部書竟鼓動了中國現代木刻畫的創作的風氣。他很早的便在搜訪箋紙，而尤注意於北平所刻的。今年春天，我們在上海見到了。他認為北平的箋紙是值得搜訪而成為專書的。再過幾時，這工作恐怕要不易進行。我答應一到北平，立即便開始工作。預定只印五十部，分贈友人們。

我回平後，便設法進行刷印箋譜的工作。第一著還是先到清祕閣，在那裡又購得好些箋樣。和他們談起刷印箋譜之事時，掌櫃的卻斬釘截鐵的回絕了，說是五十部絕對不能開印。他們有種種理由：板片太多，拼合不易，刷印時調色過難；印數少，板剛拼好，調色尚未順手，便已竣工；損失未免過甚。他們自己每次開印都是五千一萬的。

「那麼印一百部呢?」我道。

他們答道:「且等印的時候再商量吧。」

這場交涉雖是沒有什麼結果,但看他們口氣很鬆動,我想,印一百部也許不成問題。正要再向別的南紙店進行,而熱河的戰事開始了;接著發生喜峰口、冷口、古北口的爭奪戰。沿長城線上的炮聲、炸彈聲,震撼得這古城的人們寢食不安,坐立不寧。哪裡還有心緒來繼續這「可憐無補費精神」的事呢?一擱置便是一年。

九月初,戰事告一段落,我又回到上海。和魯迅先生相見時,帶著說不出的淒惋的感情,我們又提到印這箋譜的事。這場可怖可恥的大戰,刺激我們有立刻進行這工作的必要。也許將來便不再有機會給我們或他人做這工作!

「便印一百部,總不會沒人要的。」魯迅先生道。

「回去便進行。」我道。

工作便又開始進行。第一步自然是搜訪箋樣。清祕閣不必再去。由清祕閣向西走，路北第一家是淳菁閣，在那裡，很驚奇的發現了許多清雋絕倫的詩箋，特別是陳師曾氏所作的；雖僅寥寥數筆，而筆觸卻是那樣的瀟灑不俗。轉以十竹齋，蘿軒諸箋為煩瑣，為做作。像這樣的一片園地，前人尚未之涉及呢！我捨不得放棄了一幅。吳待秋、金拱北諸氏所作和姚茫文氏的《唐畫壁磚箋》、《西域古蹟箋》等，也都使我喜歡。流連到三小時以上。天色漸漸地黑暗下來，朦朦朧朧的有些辨色不清。黃豆似的燈火，遠遠近近的次第放射出光芒來。我不能不走。那麼一大包箋紙，狼狽不堪地從琉璃廠抱到南池子，又抱到了家。心裡是裝載著過分的喜悅與滿意。那一個黃昏便消磨在這些詩箋的整理與欣賞上。

過了五六天，又進城到琉璃廠去——自然還是為了訪箋。由淳菁閣再往西走，第一家是松華齋；松華齋的對門，在路南的，是松古齋。由松華齋再往西，在路北的，是懿文齋。再西，便是廠西門，沒有別的南紙店了。

先進松華齋，在他們的箋樣簿裡，又見到陳師曾所作的八幅花果箋，說它們

「清秀」是不夠的、「神采之筆」的話也有些空洞。只是讚賞，無心批判。陳半丁、齊白石二氏所作，其筆觸和色調，和師曾有些同流，唯較為繁稠燠暖。他們的大膽的塗抹，頗足以代表中國現代文人畫的傾向；自吳昌碩以下，無不是這樣的粗枝大葉的不屑屑於形似的。我很滿意的得到不少的收穫。

帶著未消逝的快慰，過街而到松古齋。古舊的門面，老店的規模，卻不料售的倒是洋式箋。所謂洋式箋，便是把中國紙染了礬水，可以用鋼筆寫；而箋上所繪的大都是迎親、抬轎、舞燈、拉車一類的本地風光；筆法粗劣，且慣喜以濃紅大綠塗抹之。其少數，還保存著舊式的圖版畫。然以柔和的線條、溫茜的色調，刷印在又澀又糙的礬水拖過的人造紙面上，卻特別的顯得不調和。那一片一塊的浮出的彩光，大損中國畫的秀麗的情緒。

我的高興的情緒為之冰結，隨意地問道：「都是這一類的麼？」

「印了舊樣的銷不出去，所以這幾年來，都印的是這一類的。」

我不能再說什麼，只挑選選了比較還保有舊觀的三盒詩箋而出。

懿文齋沒有什麼新式樣的畫箋，所有的都是光、宣時所流行的李伯霖、劉錫玲、戴伯和、李毓如諸人之作，只是諧俗的應市的通用箋而已。故所畫不離吉祥、喜慶之景物，以至通俗的著色花鳥的一類東西。但我仍選購了不少。

第三次到琉璃廠，已是九月底；那一天狂激怒號，飛沙蔽天；天色是那樣慘館可憐；頂頭的風和塵吹得人連呼吸都透不過來。一陣的風沙，撲臉而來，趕緊閉了眼，已被細塵潛人，瞇著眼，急速的睜不開來看見什麼。本想退回去。為了像這樣閒空的時間不可多得，便只得冒風而進了城。這一次是由清祕閣向東走。偏東路北，是榮寶齋，一家不失先正典型的最大的箋肆，仿古和新箋，他們都刻得不少。我們在那裡，見到林琴南的山水箋、齊白石的花果箋、吳待秋的梅花箋，以及齊、王諸人合作的壬申箋、癸酉箋等等，刻工較清祕為精。仿成親王的拱花箋，尤為諸肆所見這一類箋的白眉。

半個下午便完全耗在榮寶齋，外面仍是卷塵撼窗的狂風。但我一點都沒有想到將怎樣艱苦地冒了頂頭風而歸去。和他們談到印竹箋譜的事，他們也有難色，覺得連印一百部都不易動工。但仍是那麼遊移其詞地回答道：「等到要印的時候再商量罷。」

我開始感到刷印箋譜的事，不像預想那麼順利無阻。

歸來的時候，已是風平塵靜。地上薄薄地敷上了一層黃色的細泥，破紙枯枝，隨地亂擲，顯示著風力的破壞的成績。

從榮寶齋東行，過廠甸的十字路口，便是海王村。過海王村東行，路北，有靜文齋，也是很火的一家箋肆。當我一天走進靜文的時候，已在午後。太陽光淡淡地射在罩了藍布套的桌上。我帶著怡悅的心情在翻箋樣簿。很高興地發見了齊白石的人物箋四幅。說是仿八大山人的，神情色調都臻上乘。吳待秋、湯定之等二十家合作的梅花箋也富於繁賾的趣味。清道人、姚茫父、王夢白諸人的羅漢箋、古佛箋等，都還不壞，古色斑斕的彝器箋，也靜雅足備一格。又是到上燈時候才歸去。

靜文齋的附近，路南，有榮祿堂，規模似很大，卻已衰頹不堪。不印箋，亦有箋樣簿，卻零星散亂，塵土封之，似久已無人顧問及之。循樣以求箋，十不得一。即得之，亦都暗敗變色。蓋擱置架上已不知若干年。紙都用舶來之薄而透明的一種，色彩偏重於濃紅深綠；似意在迎合光、宣時代市人們的口味，似主人鬚髮皆白，年已七十餘，唯精神尚矍鑠。與談往事，娓娓可聽，但搜求將一小時，所得僅饅卿作的數箋。於暮色蒼茫中，和這古肆告別，情懷殊不勝其淒愴。

由榮祿更東行，近廠東門，路北，有寶晉齋。此肆詩箋，都為光、宣時代的舊型，佳者殊鮮，僅選得朱良材作的數箋。

出廠東門，折而南，過一尺大街，即入楊梅竹斜街。東行數百步，路北，有成興齋。此肆有冷香女士作的月令箋，又有清末為慈禧代筆的女畫家繆素鼓作的花鳥箋；在光、宣時代，似為一當令的箋店。然箋樣多缺，月令箋僅存其七。

再東行，有彝寶齋，箋樣多陳列窗間，並樣簿而無之。選得王昭作的花鳥箋十餘幅，頗可觀，而亦零落不全。

以上數次的所得，都陸續地寄給魯迅先生，由他負最後選擇的責任。寄去的大約有五百數十種，由他選定的是三百三十餘幅，就是現在印出的樣式。這部《北平箋譜》所以有現在的樣式，全都是魯迅先生的力量——由他倡始，也由他結束了這事。

說是訪箋的經過來，也並不是沒有失望與徒勞。我不單在廠甸一帶訪求。在別的地方，也嘗隨時隨地的留意過，卻都不曾給我以滿足。好幾個大市場裡，都沒有什麼好的箋樣被發現。有一次，曾從東單牌樓走到東四牌樓，經隆福寺街東口而更往北走。推門而入的南紙店不下十家，大多數只售洋紙筆墨和八行素箋。最高明的也只賣少數的拱花箋，卻是那麼的粗陋浮躁，竟不足以當一顧。

在廠甸，也不是不曾遇見同樣狼狽的事。廠甸中段的十字街頭，路南，有兩家規模不小的南紙店。一名崇文齋，在路東，有箋樣簿，多轉販自諸大肆者。一名中和豐，在路西，專售運動器具及紙墨。並詩箋而無之。由崇文東行數十步，路南，有豹文齋，專售故宮博物院出品，亦嘗翻刻黃癭瓢人物箋，然執以較清祕、榮寶所刻，則神情全非矣。

但北平地域甚廣，搜訪所未及者一定還有不少。即在琉璃廠，像倫池齋，因無箋樣簿，遂至失之交臂。他們所刻「思古人箋」，版已還之沈氏，故不可得；而其王雪濤花卉箋四幅，刻印俱精，色調亦柔和可愛。惜全書已成，不及加入。又北平諸文士私用之箋紙，每多設計奇詭，繪刻精麗的。唯訪求較為不易。補所未備，當俟異日。

選箋已定，第二步便進行交涉刷印：淳菁、松華、松古三家，一說便無問題。榮寶、寶晉、靜文諸家，初亦堅執百部不能動工之說，然終亦答應下來。獨清祕最為頑強，交涉了好幾次，他們不是說百部太少不能用，便是說人工不夠，沒有工夫印。再說下去，便給你個不理睬。任你說得舌疲唇焦，他們只是給你個不理睬！頗想抽出他們的一部分不印。終於割捨不下博心畬、江采諸家的二十餘幅作品。再三奉託了劉淑度女士和他們商量，方才肯答應印。而色調轉繁的十餘幅蔬果箋，卻仍因無人擔任刷印而被剔出。蔬果箋刻印不精，去之亦未足惜。榮祿堂的箋紙，原只想印緩卿作的四幅。他們說，年代已久，不知板片還在否，找得出來便可開印，只怕殘缺不全。但後來究竟算是找全了。

最後到彝寶齋。一位彷彿湖南口音的掌櫃的，一開口便說：「不能印。現在已經沒有印刷這種信箋的工人了！我們自己要幾千幾萬份的印，尚且不能，何況一百張！」我見他說得可笑，便取出些他家的定印單給他看，說道：「那麼別家為什麼肯印呢？」他無辭可對，只得說老實話：「成興齋和我們足聯號，您老到他們那裡去看看吧。這些花鳥箋的板片他們那裡也有。」我立刻明白那是怎麼一回事，到成興齋一打聽，果然那板片已歸他們所有。

看夠了冰冷冷的拒人千里的面孔，玩夠了未曾習慣的討價還價、斤兩計較的伎倆，說盡了從來不曾說過的無數懇託敷衍的話——有時還未免帶些言不由衷的浮誇——一切都只為了這部《北平箋譜》！可算是全部工作裡最麻煩，最無味的一個階段。但不能不感激他們：沒有他們的好意合作，《北平箋譜》是不會告成的。

為了訪問畫家和刻工的姓氏，也費了很大的工夫。有少數的畫家，其姓氏是我所不知道的——我對於近代的畫壇是那樣的生疏！訪之箋肆，亦多不知者。求之潤單，間亦無之。打聽了好久，有的還是見到了他的畫幅，看到他的圖章，方才知道。只有緩卿的一位，他的姓氏到現在還是一個謎。榮祿堂的夥計說：「老闆也許知道。」問之老主人則搖搖頭，說：「年代太久了，我已記不起來。」

刻工實為製箋的重要分子，其重要也許不下於畫家。因彩色詩箋，不僅要精刻而且要就色彩的不同而分刻為若干板片；箋畫之有無精神，全靠分板的能否得當。畫家可以恣意的使用著顏料，刻工則必須仔細的把那麼複雜的顏色，分析為四五個乃至一二十個單色板片。所以，刻工之好壞，是主宰著製箋的運命的。在《北平箋譜》裡，實在不能不把畫家和刻工並列著。但為了訪問刻工姓名，也頗遭逢白眼。他們都覺得這是可怪的事，至多只是敷衍地回答著。有的是經了再三的迫問，四處的訪求，方才能夠確知的。有的因為年代已久，實在無法知道。目錄裡所注的刻工姓名，實在是不止三易稿而後定的。宋版書多附刊刻工姓名，明代中葉以後，刻圖之工，尤自珍其所作，往往自署其名，若何針、汪士衜、魏少峰、劉素明、黃應瑞、劉應祖、洪國良、項南洲、黃子立，其尤著者。然其後則刻工漸被視為賤技；亦鮮有目標姓氏者。當此木板雕刻業像晨星似的搖搖將墜之時，而復有此一番表彰，殆亦雕版史末頁上重要的文獻。

淳善閣的刻工，姓張，但不知其名。他們說，此人已死，人皆稱之為張老西，住廠西門。其技能為一時之最。我根據了張老西的這個渾名，到處的打聽著。後來還是託榮寶齋查考到，知道他的真名是啟和。松華齋的刻工，據說是專門為他們刻箋的，也姓張。經了好幾次的追問，才知道其名為東山。靜文齋的刻工，初僅知其名為板兒楊；再三地懇託著去查問，才知道其名為華庭。清祕閣的刻工，也經了數次的訪問後，方知其亦為張東山。因此，我頗疑刻工與製箋業的關係，也許不完全是處在雇工的地位；他們也許是自立門戶，有求始應，像畫家那個樣子的。然未細訪，不能詳。

榮寶齋的刻工名李振懷，鼓文齋的刻工名李仲武，松古齋的刻工名楊朝正，成興齋的刻工名揚文、蕭掛，出都頗費懇託，方能訪知。至於榮祿、它晉二家，則因刻者年代已久，他們已實在記不清了，姑缺之。刻工中，以張、李、楊三姓為多，頗疑其有系屬的關係，像明末之安徽黃氏、鮑氏。這種以一個家庭為中心的手工業是至今也還存在的。

刷印之工，亦為製箋的重要的一個步驟。因不僅拆板不易，即拼板、調色，亦熬費工夫。惜印工太多，不能一一記其姓名。

對此數冊之箋譜，不禁也略略有些悲喜和滄桑之感。自慰幸不辜負搜訪的勤勞，故記之如右。

一九三三年十一月十五日

北平

你若是在春天到北平，第一個印象也許便會給你以十分的不愉快。你從前門東車站或西車站下了火車，出了站門，踏上了北平的灰黑的土地上時，一陣大風颳來，刮得你不能不向後倒退幾步；那風捲起了一團的泥沙；你一不小心便會迷了雙眼，怪難受的；而嘴裡吹進了幾粒細沙在牙齒間薩拉薩拉的作響。耳朵殼裡，眼縫邊，黑馬褂或西服外套上，立刻便都積了一層黃灰色的沙垢。你到了家，或到了旅店，得仔細的洗滌了一頓，才會覺得清爽些。

「這鬼地方！那麼大的風，那麼多的灰塵！」你也許會很不高興的詛咒的說。

風整天整夜的呼呼的在刮，火爐的鉛皮煙囪，紙的窗戶，都在乒乒乓乓的相碰著，也許會鬧得你半夜睡不著。第二天清早，一睜開眼，呵，滿窗的黃金色，你滿心高興，以為這是太陽光，你今天將可以得一個暢快的遊覽了。然而風聲還在呼呼的怒吼著。擦擦眼，擁被坐在床上，你便要立刻懊喪起來。那黃澄澄的，錯疑做太陽光的，卻正是漫天漫地的吹刮著的黃沙！風聲吼吼的還不曾歇氣。你也許會懊悔來這一趟。

但到了下午，或到了第三天，風漸漸地平靜起來。太陽光真實的黃亮亮的晒在牆頭，晒進窗裡。那份溫暖和平的氣息兒，立刻便會鼓動了你向外面跑跑的心思。鳥聲細碎的在鳴叫著，大約是小麻雀兒的唧唧聲居多。——碰巧，院子裡有一株杏花或桃花，正含著苞，濃紅色的一朵朵，將放未放。棗樹的葉子正在努力的向外崛起。——北平的棗樹是那麼多，幾乎家家天井裡都有個一株兩株的。柳樹的柔枝兒已經是透露出嫩嫩的黃色來。只有碩大的榆樹上，卻還是烏黑的禿枝，一點什麼春的消息都沒有。

你開了房門，到院子裡，深深地吸了一口氣。啊，好新鮮的空氣，彷彿在那裡面便挾帶著生命力似的。不由得不使你神清氣爽。太陽光好不可愛。天上乾乾淨淨的沒半朵浮雲，儼然是「南方秋天」的樣子。你得知道，北平當晴天的時候，永遠的那一份兒「天高氣爽」的晴明的勁兒，四季皆然，不獨春日如此。

太陽光晒得你有點暖得發慌。「關不住了！」你準會在心底偷偷地叫著。

你便準得應了這自然之招呼而走到街上。

但你得留意，即使你是闊人，衣袋裡有充足的金洋銀洋，你也不應擺闊，坐汽車。被關在汽車的玻璃窗裡。你便成了如同被畜養在玻璃缸的金魚似的無生氣的生物了。你將一點也享受不到什麼。汽車那麼飛快的衝跑過去，彷彿是去趕什麼重要的會議。可是你是來遊玩，不是來趕會。汽車會把一切自然的美景都推到你的後面去。你不能吟味，你不能停留，你不能稱心稱意的欣賞。這正是豬八戒吃人參果的勾當。你不會蠢到如此的。

北平不接受那麼擺闊的闊客。汽車客是永遠不會見到北平的真面目的。北平是個「遊覽區」。天然的不歡迎「走車看花」——比走馬看花還殺風景的勾當——的人物。

那麼，你得坐「洋車」——但得注意：如果你是南人，叫一聲黃包車，準保個個車伕都不理會你，那是一種侮辱，他們以為。（黃包，北音近於王八。）或酸溜溜的招呼道「人力車」，他們也不會明白的。如果叫道：「膠皮」，他們便知道你是從天津來的，準得多抬些價。或索性洋氣十足的，叫道「力克夏」，他們便也懂，但卻只能以「毛」為單位的給車價了。

「洋車」是北平最主要的交通物。價廉而穩妥，不快不慢，恰到好處。但走到大街上，如果遇見一位漂亮的姑娘或一位洋人在前面車上，碰巧，你的車伕也是一位年輕力健的小夥子，他們賽起車來，那可有點危險。

乾脆，走路，倒也不壞。近來北平的路政很好，除了冷街小巷，沒有要人、洋人住的地方，還是「無風三尺土，有雨一街泥」之外，其餘衝要之區，確可散步。

出了巷口，向皇城方面走，你便將漸入佳景的。黃金色的琉璃瓦在太陽光裡發亮光；土紅色的牆，怪有意思的圍著那「特別區」。入了天安門內，你便立刻有應接不暇之感。如果你是聰明的，在這裡，你必得跳下車來，散步的走著。那兩支白石盤龍的華表，屹立在中間，恰好烘托著那一長排的白石欄杆和三座白石拱橋，表現出很調和的華貴而蒼老的氣象來，活像一位年老有德、飽歷世故、火氣全消的學士大夫，沒有絲毫的火辣辣的暴發戶的討厭樣兒。春冰方解，一池不淺不溢的春水，碧油油的可當一面鏡子照。正中的一座拱橋的三個橋洞，映在水面，恰好是一個完全的圓形。

你過了橋，向北走。那厚厚的門洞也是怪可愛的（夏天是乘風涼最好的地方）。午門之前，雜草叢生，正如一位不加粉黛的村姑，自有一種風趣。那左右兩排小屋，彷彿將要開出口來，告訴你以明清的若干次的政變，和若干大臣、大將雍雍鏘鏘的隨駕而出入。這裡也有兩支白色的華表，顏色顯得黃些，更覺得蒼老而古雅。無論你向東走，或向西走——你可以暫時不必向北進端門，那是歷史博物館的入門處，要購票的。——你可以見到很可愉悅的景色。出了一道門，沿了灰色的宮牆根，向西北走，或向東北走，你便可以見到護城河裡的水是那麼綠得可愛。太廟或中山公園後面的柏樹林是那麼蒼蒼鬱鬱的，有如見到深山古墓。和你同道走著的，有許多走得比你還慢，還沒有目的的人物；他們穿了大袖的過時的衣服，足上登著古式的鞋，手上托著一隻鳥籠，或臂上棲著一隻被長鏈鎖住的鳥，懶懶散散的在那裡走著。有時也可遇到帶著一群小哈巴狗的人，有氣勢的在趕著路。但你如果到了東華門或西華門而折回去時，你將見他們也並不曾往前走，他們也和你一樣的折了回去。他們是在這特殊幽靜的水邊蹓躂著的！蹓躂，是北平人生活的主要的一部分；他們可以在這同一的水邊，城牆下，蹓躂整個半天，天天如此，年年如此，除了颳大風，下大雪，天氣過於寒冷的時候。你將永遠猜想不出，他們是怎樣過活的。你也許在幻想著，他們必定是沒落的公子王孫，也許你便因此淒愴的懷念著他們的過去的豪華和今日的淪落。

啪的一聲響，驚得你一大跳，那是一個牧人，趕了一群羊走過，長長的牧鞭打在地上的聲音。接著，一輛一九三四年式的汽車嗚嗚地飛馳而過。你的胡思亂想為之撕得粉碎。——但你得知道，你的淒愴的情感是落了空。那些臂鳥驅狗的人物，不一定是沒落的王孫，他們多半是以馴養鳥狗為生活的商人們。

你再進了那座門，向南走。仍走到天安門內。這一次，你得繼續的向南走。大石板地，沒有車馬的經過，前面的高大的城樓，作為你的目標。左右全都是高及人頭的灌木林子。在這時候，黃色的迎春花正在盛開，一片的喧鬧的春意。紅刺梅也在含苞。晚開的花樹，枝頭也都有了綠色。在這灌木林子裡，你也許可以徘徊個幾小時。在紅刺梅盛開的時候，連你的臉色和衣彩也都會映上紅色的笑影。散步在那白色的闊而長的大石道，便是一種愉快。心胸闊大而無思慮。昨天的積悶，早已忘得一乾二淨。你將不再對北平有什麼詛咒。你將開始發生留戀。

你向南走，直走到前門大街的邊沿上，可望見東西交民巷口的木牌坊，可望見你下車來的東車站或西車站，還可望見屹立在前面的很宏偉的一座大牌樓。亂紛紛的人和車，馬和貨物；有最新式的汽車，也有最古老的大車，簡直是最大的一個運輸物的展覽會。

你站了一會，覺得看膩了，兩腿也有點發酸了，你便可以向前走了幾步，極廉價的僱到一輛洋車，在中山公園口放下。

這公園是北平很特殊的一個中心。有過一個時期，當北海還不曾開放的時候，它是北平唯一的社交的集中點。在那裡，你可以見到社會上各種各樣的人物。——當然無產者是不在內，他們是被幾分大洋的門票擯在園外的。你在那裡坐了一會，立刻便可以招致了許多熟人。你不必家家拜訪或邀致，他們自然會來。當海棠盛開時，牡丹、芍藥盛開時，菊花盛開時的黃昏，那裡是最熱鬧的上市的當兒。茶座全塞滿了人，幾乎沒有一點空地。一桌人剛站了起來，立刻便會有候補的擠了上去。老闆在笑，夥計們也在笑。他們的收入是如春花似的繁多。直到菊花謝後，方才漸漸地冷落了下來。

你坐在茶座上，舒適的把身體堆放在籐椅裡，太陽光滿晒在身上，棉衣的背上，有些熱起來。前後左右，都有人在走動，在高談，在低語。壇上的牡丹花，一朵朵總有大碗粗細。說是賞花，其實，眼光也是東溜西溜的。有時，目無所矚，心無所思的，可以懶懶的待在那裡，整整的待個大半天。

一陣和風吹來，遍地白色的柳絮在團團的亂轉，漸轉成一個球形，被推到牆角。而漫天飛舞著的棉狀的小塊，常常撲到你面上，強塞進你的鼻孔。

如果你在清晨來這裡，你將見到有幾堆的人，老少肥瘦俱齊，在大樹下空地上練習打太極拳。這運動常常邀引了患肺癆者去參加，而因此更促短了他們的壽命。而這時，這公園裡也便是肺癆病者們最活動的時候。瘦得骨立的中年人們，倚著杖，蹣跚的在走著——說是呼吸新鮮空氣——走了幾步，往往咳得伸不起腰來，有時，喀的一聲，吐了一大塊濃痰在地上。為了這，你也許再不敢到這園來。然而，一到了下午，這園裡卻仍是擁擠著人。誰也不曾想到天天清晨所演的那悲劇。

園後的大柏樹林子，也夠受糟蹋的。茶煙和瓜子殼，燻得碧綠的柏樹葉子都有點顯出枯黃色來，那林子的壽命，大約也不會很長久。

和中山公園的熱鬧相陪襯的是隔不幾十步的太廟的冷落。不知為了什麼，去太廟的人到底少。只有年輕的情人們，偶爾一對兩對的避人到此密談。也間有不喜追逐在熱鬧之後的人，在這清靜點的地方散步。這裡的柏樹林，因為被關閉了數百年之後，而新被開放之故，還很頑健似的，巢在樹上的「灰鶴」也還不曾搬家他去。

太廟所陳列的清代各帝的祭殿和寢宮，未見者將以為是如何的輝煌顯赫，如何的富麗堂皇，其實，卻不值一看，一色黃緞繡花的被縟衣墊，並沒有什麼足令人羡慕。每張供桌上所列的木雕的杯碗及燭盤等等，還不如豪富人家的祖先堂的講究。從前讀一明人筆記，說，到明孝陵參觀上供，見所供者不過冬瓜湯等等極淡薄賤價的菜。這裡在皇帝還在宮中時，祭供時，想也不過如此。是帝王和平民，不僅在墳墓裡同為枯骨，即所馨享的也不過如此如此而已。

你在第二天可以到北城去遊覽一趟，那一邊值得看的東西很不少。後門左近有國子監、鐘樓及鼓樓。鐘鼓樓每縣都有之，但這裡，卻顯得異常的宏偉。國子監，為從前最高的學府，那裡邊，藏有石鼓——但現在這著名的石鼓卻已南遷了。由後門向西走，有什剎海；相傳《紅樓夢》所描寫的大觀園就在什剎海附近。這海是平民的夏天的娛樂場。海北，有規模極大的冰窯一區。海的面積，全都是稻田和荷花蕩。（北平人的養荷花是一業，和種水稻一樣）夏天，荷花盛開時，確很可觀。倚在會賢堂的樓欄上，望著驟雨打在荷蓋上，那噴人的荷香和剎剎的細碎的響聲，在別處是聞不到、聽不到的。如果在蘆席棚搭的茶座上聽著，雖顯得更親切些，卻往往棚頂漏水，而水點落在蘆席上，那聲音也怪難聽的，有喧賓奪主之感。最佳的是夏已過去，枯荷滿海，什剎海的鬧市已經收場，那時如果再到會賢堂樓上，倚欄聽雨，便的確不含糊的有「留得殘荷聽雨聲」之妙，不過，北平秋天少雨，這境界頗不易逢。

什剎海的對面，便是北海的後門。由這裡進北海，向東走，經過澄心齋、松坡圖書館、仿膳、五龍亭，一直到極樂世界，沒有一個地方不好。唯惜五龍亭等處，夏天人太鬧。極樂世界已破壞得不堪，沒有一尊佛像能保得不斷腿折臂的。而北海之饒有古趣者，也只有這個地方。那個地方，遊人是最少進去的。如果由後面向南走，你便可以走到北海董事會等處，那裡也是開放的，有茶座，卻極冷落。在五龍亭坐船，渡過海——冬天是坐了冰船滑過去——便是一個圓島，四面皆水，以一橋和大門相通。島的中央，高聳著白塔。依山勢的高下，隨意布置著假山、廟宇、遊廊小室，那曲折的工程很足供我們作半日遊。

如果，在晴天，倚在漪瀾堂前的白石欄杆上，靜觀著一泓平靜不波的湖水，受著太陽光，閃閃的反射著金光出來，湖面上偶然泛著幾隻遊艇，飛過幾隻鷺鷥，驚起一串的呷呷的野鴨，都足夠使你留戀個若干時候。但冬天，那是最壞的時候了，這場面上將闢為冰場，紅男綠女們在番裡奔走馳駛，叫鬧不堪。你如果已失去了少年的心，你如果愛清靜，愛獨遊，愛默想，這場面上你最好是不必出現。

出了北海的前門，向西走，便是金鰲玉蝀東橋。這座白石的大橋。隔斷了中南海和北海。北海的白日，如畫的映在水面上，而中南海的萬善殿的全景，也很清晰的可看到。中南海本亦為公園，今則又成了「禁地」。只有東部的一個小地方，所謂萬善殿的，是開放著。這殿很小，遊人也極冷落，房室卻布置得很好。龍王堂的一長排，都是新塑的泥像，很庸俗可厭。但你要是一位細心的人，你便可在一個殿旁的小室裡，發現了倚在牆旁無人顧問的兩尊木雕的菩薩像。那形態面貌，無一處不美，確是遼金時代的遺物；然一尊則雙臂俱折，一尊則脰部只剩了半邊。誰還注意到它們呢？報紙上卻在鼓吹著龍王堂的神像塑得有精神，為明代的遺物，卻不知那是民國三四年間的新物！仍由中南海的後門走出，那斜對過便是北平圖書館，這綠琉璃瓦的新屋，建築費在一百四十萬以上，每年的購書費則不及此數之十二。舊書是併合了方家胡同京師圖書館及他處所藏的，新書則多以庚款購入。在中國可稱是最大的圖書館。館外的花園，鄰於北海者，亦以白色欄杆圍隔之；唯為廉價之水門汀所製成，非真正的白石也。

由北平圖書館再過金鰲玉蝀東橋，向東走，則為故宮博物院。由神武門人院，處處覺得寥寂如古廟，一點生氣都沒有。想來，在還是「帝王家」的時代，雖聚居了幾千宮女、太監們在內，而男曠女怨，也必是「戾氣」沖天的。所藏古物，重要者都已南遷，遊人們因之也寥落得多。

神武門的對門是景山。山上有五座亭，除當中最高的一亭外，多被破壞。東邊的山腳，是崇禎自殺處。春天草綠時，遠望景山，如鋪了一層綠色的繡氈，異常的清嫩可愛。你如果站在最高處，向南望去，宮城全部，俱可收在眼底。而東交民巷使館區的無線電臺，東長安街的北京飯店，三條胡同的協和醫院都因怪不調和而被你所注意。而其餘的千家萬戶則全都隱藏在萬綠叢中，看不見一瓦片，一屋頂，彷彿全城便是一片綠色的海。不到這裡，你無論如何不會想像得到北平城內的樹木是如何的繁密；大家小戶，哪一家天井不有些綠色呢。你如站在北面望下時，則鐘鼓樓及後門也全都聳然可見。

三大殿和古物陳列所總得耗費你一天的工夫。從西華門或從東華門入，均可。古物陳列所因為古物運走的太多，現在只開放武英殿，然仍有不少好東西。僅李公麟的〈擊壤圖〉便足夠消磨你半天。那人物，幾乎沒有一個沒精神的，姿態各不相同，卻不曾有一懈筆。

三大殿雖空無所有，卻宏偉異常。在殿廊上，下望白石的「丹墀」，不能不令你想到那過去的充滿了神祕氣象的「朝廷」和叔孫通定下的「朝儀」的如何能夠維持著常在的神祕的尊嚴性。你如果富於幻想，閉了眼，也許還可以如見那靜穆而緊張的隨班朝見的文武百官們的精靈的往來。這裡有很舒適的茶座。坐在這裡，望著一列一列的雕鏤著雲頭的白石欄杆和雕刻得極細緻的陛道，是那麼樣的富於富麗而明朗的美。

你還得費一二天的工夫去遊南城。出了前門，便是商業區和會館區。從前漢人是不許住在內城的，故這南城或外城，便成了很重要的繁盛區域。但現在是一天天的冷落了。卻還有幾個著名的名勝所在，足供你的流連、徘徊。西邊有陶然亭，東邊有夕照寺、拈花寺和萬柳堂。從前都是文士們雅集之地，如今也都敗壞不堪，成為工人們編麻索、織絲線之地。所謂萬柳也都不存一株。只有陶然亭還齊整些。不過，你游過了內城的北海、太廟、中山公園，到了這些地方，除了感到「野趣」之外，也便全無所得的了。你或將為漢人們抱屈；在二十幾年前，他們還都只能侷促於此一隅。而內城的一切名勝之地，他們是全被擯斥在外的。別看清人詩集裡所歌詠的是那麼美好，他們是不得已而思其次的呢！

而現在，被擯斥於內城諸名勝之外的，還不依然是幾十百萬人麼？

南城的娛樂場所，以天橋為中心。這個地方倒是平民的聚集之所；一切民間的玩意兒，一切廉價的舊貨物，這裡都有。

先農壇和天壇也是極宏偉的建築。天壇的工程尤為浩大而艱鉅，全是圓形的；一層層的白石欄杆，白石階級，無數的參天的大柏樹，包圍著一座圓形的祭天的聖壇。壇殿的建築，是圓的，四周的階級和欄杆也都是圓的。這和三大殿的方整，恰好成一最有趣的對照。在這裡，在大樹林下徘徊著，你也便將勾引起難堪的懷古的情緒的。

這些，都只是遊覽的經歷。你如果要在北平多住些時候，你便要更深刻的領略到北平的生活了。那生活是舒適、緩慢、吟味、享受，卻絕對的不緊張。你見過一串的駱駝走過麼？安穩、和平，一步步的隨著一聲聲叮噹叮噹的大頸鈴向前走；不匆忙，不停頓；那些大動物的眼裡，表現的是那麼和平而寬容，負重而忍辱的性情。這便是北平生活的象徵。

和這些宏偉的建築，舒適的生活相對照的，你不要忘記掉，還有地下的黑暗的生活呢。你如果有一個機會，走進一所「雜合院」裡，你便可見到十幾家老少男女緊擠在一小院落裡住著的情形：孩子們在泥地上爬，婦女們是臉多菜色，終日含怒抱怨著，不時的，有咳嗽的聲音從屋裡透出。空氣是惡劣極了；你如不是此中人，你便將不能做半日留。這些「雜合院」便是勞工、車伕們的居宅。有人說，北平生活舒服，第一件是房屋寬敞，院落深沉，多得陽光和空氣。但那是中產以上的人物的話，百分之八九十以上的人口，是住著齷齪的「雜合院」裡的，你得明白。

更有甚的，在北城和南城的僻巷裡，聽說，有好些人家，其生活的艱苦較住「雜合院」者為尤甚，常有一家數口合穿一條褲或一衣的。他們在地下挖了一個洞。有一人穿了衣褲出外了，家中裸體的幾人便站在其中。洞裡鋪著稻草或破報紙，藉以取暖。這是什麼生活呢！

年年冬天，必定有許多無衣無食的人，凍死在道上。年年冬天，必定有好幾個施粥廠創辦起來。來就食的，都是些可怕的窘苦的人們。然也竟有因為無衣而不能到粥廠來就吃的！

「九淵之下，更有九淵」。北平的表面，雖是冷落破敗下去，尚未減都市之繁華。而其裡面，卻想不到是那樣的破爛、痛苦、黑暗。

終日徘徊於三海公園乃至天橋的，不是罪人是什麼！而你，遊覽的過客，你見了這，將有動於中，而怏怏的逃脫出這古城呢，還是想到「我不入地獄誰入地獄」一類的話呢？

一九三四年十一月三日

幻境

不知在睡夢裡，還是在半睡半醒的狀態裡，我很清楚的經歷著一場可怕的景象。

是夜雲四合，暮色蒼茫的時候。不知走在什麼地方。前面是無邊無際的一座大森林。一株株的大樹，巨人似的森立著，披著一頭烏黑蓬亂的頭髮，毛髮髮的樹杈，像手臂似的，各各伸出向我撲攫。

但我鎮定而無視的踏著堅實而穩定的足步，走向這座大森林裡去。

只有自己的足音沉重的踏在地上。寥闊而寂寞。走了好一段路。

卟卟卟的從枝頭上飛起了幾隻宿鳥，拋物線似的投射了出去，不知飛向何方。

遠遠的有貓頭鷹在招魂似的醜惡的一聲聲的嚎叫著。

但我鎮定而無視的踏著堅實而穩定的足步，在這大森林裡走著。

走了好一段路。驀然的一抬頭，在毛髮髮的烏黑的樹枝縫隙間，發現有兩隻夜貓似的滾圓的眼睛，射出寒森的綠色的冷光，在炯炯地守望著我。那兩道綠色的冷光彷彿就像一對十萬支燭光的探海燈似的，在我臉上，眼上徘徊著，掃射著。

吃了一驚，渾身的毛孔都鬆張了，毛毛癢癢的像預警著有什麼危害要襲擊來似的。

膝蓋頭軟軟的，腳底下有點不得勁兒。

那兩道綠的冷光，大了，更大更肥圓了，像升在東方的天空的滿月似的，正迎著頭，在守望著我；在我臉上，眼上徘徊著，掃射著，彷彿要搜尋出什麼祕密似的。似連一條皺紋，一點黑斑都要注意得到。

加緊了足步，裝做不見，搶了過去。

但搶了過去，轉過這株樹，遠遠的卻又見兩道綠色的冷光，像兩條手電筒的光似的，在探索著，而我的臉，恰又成了它的目的物。更走近了，那兩道綠色的冷光，大了，更大了，更肥圓了，像升在東方的天空的滿月似的，正迎著頭，在守望著我，在臉上，眼上，徘徊著，掃射著，彷彿要搜尋出什麼祕密似的。

足步開始有點亂，虛飄飄的踏在地上。心臟像打鼓似的在猛跳，額上細珠似的汗滴不斷的滲出。

那兩道綠色的冷光，老是烔烔地在守望著我，在臉上，眼上，徘徊著，掃射著。

開始奔跑，要把它拋在後面。

剛轉過這株可怕的毛鬖鬖的大樹，在前面，遠遠的卻又見有兩道綠色的冷光在烔烔地守望著我。

想轉向左邊跑。剛一回頭，那邊卻又是幾道綠色的冷光在烔烔地守望著我。向右邊跑，還不是又有這勞什子的東西在守望著我。

剛一轉身，向後面退卻，不好了，那一對對的綠烔烔的冷光，簡直是數不清的像午夜的繁星似的在此呼彼應的閃耀著，而全對準了我臉上，在烔烔的目不轉睛地守望著。

再向前望，向左望，向右望，那一對對的綠光，竟像黃昏的都市的燈光似的，陸續的密增了數不清的數目。

有點惱怒，索性站定了不走。

那繁星似的綠炯炯的冷光，四面八方的投射而來，全都對準了我，炯炯的目不轉睛地在守望著。

彷佛黑暗裡有吃吃的冷笑之聲。

我的血沸騰著，索性不做理會。綠炯炯的冷光還在守望著，而冷笑卻自己落了空。

不曾施展出什麼更毒的伎倆。

遠遠的有貓頭鷹在招魂似的醜惡的一聲聲的嚎叫著。

我繼續的踏著堅實而穩定的足步向前走。

東方的天空有些發白。玫瑰色的曙光的影子已經在外面飄蕩著。

那一對對的綠炯炯的冷光，逐漸的和黑夜一同消失了去，像夜星之消失在晨天上。

我鎮定而無視的踏著堅實而穩定的足步向前走。猛的一足踏了空，彷彿落下萬丈的深阱裡去。

睜醒了來，嚇得一身的冷汗。

太陽光輝煌的照在窗臺上，鳥兒們在天井矮樹上細碎的唱著。今天準是一個不壞的天氣呢。

一九三四年十二月

暮影籠罩了一切

「四行孤軍」的最後槍聲停止了。臨風飄蕩的國旗，在群眾的黯然神傷的淒視裡，落了下來。有低低的飲泣聲。

但不是絕望，不是降伏，不是灰心，而是更堅定的抵抗與犧牲的開始。

蘇州河畔的人漸漸的散去，灰紅色的火焰還可瞭望得到。

血似的太陽向西方沉下去。

暮色開始籠罩了一切。

是群鬼出現，百怪跳梁的時候。

沒有月，沒有星，天上沒有一點的光亮。黑暗漸漸的統治了一切。

我帶著異樣的心，鉛似的重，鋼似的硬，急忙忙的趕回家，整理著必要的行裝，焚燬了有關的友人們的地址簿，把鉛筆縱橫寫在電話機旁牆上的電話號碼，用水和抹布洗去。也許會有什麼事要發生，準備著隨時離開家，先把日記和有關的文稿託人寄存到一位朋友家裡去。

小箴已經有些懂事，總是依戀在身邊。睡在搖籃裡的倍倍，卻還是懵懵懂懂的。看望著他們，心裡浮上了一縷淒楚之感。生活也許立刻便要發生問題。但挺直著身體，仰著頭，預想著許多最壞的結果，堅定的做著應付的打算。

下午，文化界救亡協會有重要的決議，成為分散的地下的工作機關。《救亡日報》停刊了。一部分的友人們開始向內地或香港撤退。他們開始稱上海為「孤島」，但我一時還不想離開這「孤島」。

夜裡，我手提著一個小提箱，到章民表叔家裡去借住。溫情的招待，使我感到人世間的暖熱可愛。在這樣徬徨若無所歸的一個時間，特別的覺到「人」的同情的偉大與「人間」的可愛可戀。個個人都是可親的，無機心的，兄弟般的友愛著，互助著，照顧著。他們忘記了將臨的危險與恐怖，只是熱忱的容留著，招待著，只有比平時更親切，更關心。

白天，依然到學校裡授課，沒有一分鐘停頓過講授。學生們在炸彈落在附近時，都鎮定的坐著聽講；教授們在炸聲轟隆，門窗格格作響時，曾因聽不見語聲而暫時停講半分數秒，但炸聲一息，便又開講下去。這時，師生們也特別的親近了，互相關心著安全。他們談說著我們的「馬其諾防線」的可靠，信任著我們的軍官與士兵。種種的謠傳都像冰在火上似的消融無蹤。可愛的青年們是堅定的，沒有淒惋，沒有悲傷，只是堅定的走著應走的路。有的，走了，從軍或隨軍做著宣傳的工作。不走的，更熱心的在做著功課，或做著地下的工作。他們不知恐怖，不怕艱苦，雖然恐怖與艱苦正在前面等待著他們。教員休息室裡的議論比較複雜，但沒有一句「必敗論」的見解聽得到。

後來，「馬其諾防線」的防守，證明不可靠了；南京被攻下，大屠殺在進行。「馬當」的防線也被衝破了。但一般人都還沒有悲觀，「信仰」維持著「最後勝利」的希望，「民族意識」堅定著抵抗與犧牲的決心。

同時，狐兔與魍魎們卻更橫行著。「大道市政府」成立，「維新政府」成立。暗殺與逮捕，時時發生。「蘇州河北」成了恐怖的惡魔的世界。「過橋」是一個最恥辱的名詞。

漢奸們漸漸的在「孤島」似的橋南活動著，被殺與殺人。有一個記者，被殺了之後，頭顱公開的掛在電杆上示眾。有許多人不知怎樣的失了蹤。

極小的一部分知識分子動搖了。

學生們常常來告密，某某教員有問題，某某人很可疑。但我還天真的不信賴這些「謠言」。在整個民族做著生死決戰的時期，難道知識分子還會動搖變節麼？這簡直是不可思議的「盲猜」與「瞎想」。

但事實證明了他們情報的真確不假。

有一個早上，與董修甲相遇，我在罵漢奸，他也附和著。但第二天，他便不來上課了。再過了幾天，在報上知道他已做了偽官。

張素民也總是每天見面，每天附和著我的意見，但不久，也便銷聲匿跡，之後，也便公開的做了什麼「官」了。

還有一個張某和陳柱，因受偽方的津貼，這事，我也不相信。但到了陳柱（這個滿嘴的「威武不能屈，富貴不能淫」的東西）「走馬上任」，張某被友人且勸且迫的到了香港發表「自首文」時，我也才覺得自己是被騙受欺了。

可怕的「天真」與對於知識分子的過分看重啊！

學生裡面也出現「奸黨」。好在他們都是「走馬上任」去的，不屑在學校裡活動；也不敢公開的宣傳什麼，或有什麼危害。他們總不免有些「內愧」。學校裡面依然是慷慨激昂的我行我素。

雖然是兩遷三遷的，校址天天的縮小，但精神卻很好；很親切，很溫暖，很愉快。

青年們還在舉行「座談會」什麼的，也出版了些文藝刊物；還做著民眾文藝的運動，辦著平民夜校。和平時沒有什麼不同，只不過多帶著些警覺性。可愛與驕傲，信仰與決心，交織成了這一時期的青年們活動的趨向。

我還每夜都住在外面。有時候也到古書店裡去跑跑。偶然的也挾了一包書回來。借榻的小室裡，書又漸漸的多起來。生活和平常差不了多少，只是十分小心的警覺著戒備著。

有一天到了中國書店，那亂糟糟的情形依樣如舊。但夥計們告訴我：日本人來過了，要搜查《救亡日報》的人；但一無所得。《救亡日報》的若干合訂本放在陰暗的後房裡，所以他們沒有覺察到。搜查時，汪馥泉恰好在那裡。日本人問他是誰。他穿著一件藍布長衫，頭髮長長的，長久不剪了，答道：「是夥計。」也真像一個古書店的夥計，才得倖免。以後，那一批「合訂本」便由汪馥泉運到香港去。敵人的密探也不曾再到中國書店過，虧得那一天我沒有在那裡。

還有一天，我坐在中國書店，一個日本人和夥計們在閒談，說要見見我和潘博山先生。這人是「清水」，管文化工作的。一個夥計偷偷的問我道：「要見他麼？」我連忙搖搖頭。一面站起來，在書架上亂翻著，裝著一個購書的人。這人走了後，我向夥計們說道：「以後要有人問起我或問我地址的，一概回答不知道，或長久沒有來了一類的話。」為了慎重，又到漢口路各肆囑咐過。

我很感謝他們，在這悠久的八年裡，他們沒有替我泄露過一句話，雖然不時的有人去問他們。

隔了一個多月，好像沒有什麼意外的事會發生，我才再住到家裡去。

夜一刻刻的黑下去。

有人在黑夜裡堅定的守著職位，做著地下的工作；多數的人則守著信仰在等待天亮。極少數的人在做著喪心病狂的為虎作倀的事。這戰爭打醒了久久埋伏在地的「民族意識」；也使民族敗類畢現其原形。

鶺鴒與魚

夕陽的柔紅光，照在周圍十餘里的一個湖澤上，沒有什麼風，湖面上綠油油的像一面鏡似的平滑。一望無垠的稻田。垂柳松杉，到處點綴著安靜的景物。有幾隻漁舟，在湖上碇泊著。漁人安閒的坐在舵尾，悠然的在吸著板煙。船頭上站立著一排士兵似的鶆鶘，灰黑色的，喉下有一大囊鼓突出來。漁人不知怎樣的發了一個命令，這些水鳥們便都撲撲的鑽沒入水面以下去了。

湖面被沖蕩成一圈圈的粼粼小波。夕陽光跟隨著這些小波浪在跳躍。

鶆鶘們陸續的鑽出水來，上了船。漁人忙著把鶆鶘們喉囊裡吞裝著的魚，一隻隻的用手捏壓出來。

鶆鶘們睜著眼望著。

平野上炊煙四起，裊裊的升上晚天。

漁人挑選著若干尾小魚，逐一的拋給鶆鶘們吃，一口便嚥了下去。

提起了槳，漁人划著小舟歸去。湖面上刺著一條水痕。鶆鶘們士兵似的齊整的站立在船頭。

天色逐漸暗了下去。湖面上又平靜如恆。

這是一幅很靜美的畫面，富於詩意，詩人和畫家都要想捉住的題材。

但隱藏在這靜美的畫面之下的，卻是一個殘酷可怖的爭鬥，生與死的爭鬥。

在湖水裡生活著的大魚小魚們看來，漁人和鵜鶘們都是敵人，都是蹂躪牠們，致牠們於死地的敵人。

但在鵜鶘們看來，究竟有什麼感想呢？

鵜鶘們為漁人所餵養，發揮著牠們捕捉魚兒的天性，為漁人幹著這種可怖的殺魚的事業。牠們自己所得的卻是那麼微小的酬報！

當牠們興高采烈的鑽沒人水面以下時，牠們只知道捕捉，吞食，越多越好。牠們曾經想到過：鑽出水面，上了船頭時，牠們所捕捉、所吞食的魚兒們依然要給漁人所逐一捏壓出來，自己絲毫不能享用的麼？

牠們要是想到過，只是作為漁人的捕魚的工具，而自己不能享用時，恐怕牠們便不會那麼興高采烈的在捕捉、在吞食罷。

漁人卻悠然的坐在船梢，安閒的抽著板煙，等待著鵜鶘們為他捕捉魚兒。一切的擺布，結果，都是他事前所預計著的。難道是「運命」在播弄著的麼，漁人總是在「收著漁人之利」的；鵜鶘們天生的要為漁人而捕捉、吞食魚兒；魚兒們呢，彷彿只有被捕捉、被吞食的份兒，不管享用的是鵜鶘們或是漁人。

在人間，在淪陷區裡，也正演奏著鵜鶘們的「為他人做嫁衣裳」的把戲。

當上海在暮影籠罩下，蝙蝠們開始在亂飛，狐兔們漸漸的由洞穴裡爬了出來時，敵人的特工人員（後來是「七十六號」裡的東西），便像夏天的臭蟲似的，從板縫裡鑽出來找「血」喝。他們先挑選肥的，有油的，多血的人來吮、來咬、來吃。手法很簡單：捉了去，先是敲打一頓，亂踢一頓——掌頰更是極平常的事——或者吊打一頓，然後對方的家屬託人出來說情。破費了若干千萬，餵得他們滿意了，然後才有被釋放的可能，其間也有清寒的志士們只好挺身犧牲。但不花錢的人恐怕很少。

某君為了私事從香港到上海來，被他們捕捉住，作為重慶的間諜看待。囚禁了好久才放了出來。他對我說：先要用皮鞭抽打，那尖長的鞭梢，內裡藏的是鋼絲，抽一下，便深陷在肉裡去，抽了開去時，留下的是一條鮮血痕。稍不小心，便得受一掌、一拳、一腳。說時，他拉開褲腳管給我看，大腿上一大塊傷痕，那是敵人用皮靴狠踢的結果。他不說明如何得釋，但恐怕不會是很容易的。

那些敵人的爪牙們，把志士們乃至無數無辜的老百姓們捕捉著，吞食著。且偷、且騙、且搶、且奪的，把他們的血吮著、吸著、喝著。

爪牙們被餵得飽飽的，肥頭肥腦的，享受著有生以來未曾享受過的「好福好祿」。所有出沒於燈紅酒綠的場所，坐著汽車疾馳過街的，大都是這些東西。

有一個壞蛋中的最壞的東西，名為吳世寶的，出身於保鏢或汽車伕之流，從不名一錢的一個街頭無賴，不到幾時，洋房有了，而且不止一所；汽車有了，而且也不止一輛；美妾也有了，而且也不止一個。有一個傳說，說他的洗澡盆是用銀子打成的，金子熔鑄的食具以及其他用具，不知有多少。

他享受著比商紂還要舒適奢靡的生活。

金子和其他的財貨一天天的多了，更多了，堆積得恐怕連他自己也不知其數。都是從無辜無告的人那裡榨取偷奪而來的。

怨毒之氣一天天的深，有無數的流言怪語在傳播著。

群眾們側目而視，重足而立；「吳世寶」這三個字，成為最恐怖的「毒物」的代名詞。

他的主人（敵人）覺察到民怨沸騰到無可壓制的時候，便一舉手的把他逮捕了，送到監獄裡去。他的財產一件件的被吐了出來。——不知到底吐出了多少。等到敵人，他的主人覺得滿意了，而且說情的人也漸漸多了，才把他釋放出來。但在臨釋的時候，卻嗾使猘狗咬斷了他的咽喉。他被護送到蘇州養傷，在受盡了痛苦之後，方才死去。

這是一個最可怖的鵜鶘的下場。

敵人博得了「懲」惡的好名，平息了一部分無知的民眾的怨毒的怒火，同時卻獲得了吳世寶積惡所得的無數擄獲物，不必自己去搜括。

這樣的效法餵養鵜鶘漁人的辦法，最為惡毒不過。安享著無數的資產，自己卻不必動一手，舉一足。

鵜鶘們一個個的上場，一個個的下臺。一時意氣昂昂，一時卻又垂頭喪氣。然而沒有一個狐兔或臭蟲視此為前車之鑑的。他們依然的在搜括、在捕捉、在吞食，不是為了他們自己，卻是為了他們的主人。

他們和鵜鶘們同樣的沒有頭腦，沒有靈魂，沒有思想。他們一個個走上了同樣的沒落的路，陷落在同一的悲慘的運命裡。然而一個個卻都踴躍的向墳墓走去，不徘徊，不停步，也不回頭。

秋夜吟

幸虧找到了小石。這一年的夏天特別熱，整個夏天我以麵包和涼開水作為午餐；等太陽下去，才就從那蟄居小樓的蒸烤中溜出來，噓一口氣，兜著圈子，走冷僻的路到他家裡，用我們的話，「吃一頓正式的飯」。

小石是一個頑皮的學生，在教室裡發問最多，先生們一不小心，就要受窘。但這次在憂患中遇見，他卻變得那麼沉默寡言了。既不問我為什麼不到內地去，也不問我在上海有什麼任務，當然不問我為什麼不住在廟弄，絕對不問我如今住在什麼地方。

我突然的找到他了，突然每晚到他家裡吃飯了，然而這彷彿是平常不過的事，早已如此，一點不突然。料理飲食的也是小石一位朋友的老太太，我們共同享用著正正式式的剛煮好的飯，還有湯——那位老太太在午間從不為自己弄湯菜，那是太奢侈了。——在那裡，我有一種安全的感覺。直到有一次我在這「晚宴」上偶然缺席，第二天去時看到他們的臉上是怎樣從焦慮中得到解放，才知道他們是如何理解我的不安全。那位老太太手裡提著鏟刀，迎著我說：「哎呀，鄭先生，您下次不來吃飯最好打電話來關照一聲啊，我們還當您怎麼了呢。」

然而小石連這個也不說。

於是只好輪到我找一點話，在吃過晚飯之後，什麼版畫，元曲，變文，老莊哲學，都拿來亂談一頓，自己聽聽很像是在上文學史之類，有點可笑。

於是我們就去遛馬路。

有時同著二房東的胖女孩，有時拉著後樓的小姐L，大家心裡舒舒坦坦的出去「走風涼」。小石是喜歡魏晉風的，就名之謂「行散」。

遛著遛著也成為日課，一直到光腳踏屐的清脆叩聲漸漸冷落下來，後門口乘風涼的人們都縮進屋裡去了，我們行散的興致依然不減。

秋天的黃昏比夏天的更好，暮靄像輕紗似的一層一層籠罩上來，迷迷糊糊的霧氣被涼風吹散。夜了，反覺得亮了些，天藍的清清淨淨，撐得高高的，嵌出晶瑩皎潔的月亮，真是濯心滌神，非但忘卻追捕，躲避，恐怖，憤怒，直要把思維上騰到國家世界以外去。

我們一邊走著，一邊談性靈，談人類的命運，爭辯月之美是圓時還是缺時，是微雲輕抹還是萬里無垠……

小石的住所朝南再朝南。是徐家匯路，臨著一條河，河南大都是空地和田，沒有房子遮著，天空更暢得開，我們從打浦橋順著河沿往下走往下走，把一道土堆算城牆，又一幢黑魆魆的房屋算童話裡的堡壘，聽聽河水是不是在流。

走得微倦，便靠在河邊一株橫倒的樹幹上，大家都不談話。

可是一陣風吹過來了，夾著河水汙濁的氣味，燻得我們站起來。這條河在白天原是不可向邇的。「夜只是遮蓋，現實到底是現實，不能化朽腐為神奇！」小石嘆了口氣。

覺著有點涼，我隨手取起了放在樹幹上的外衣，想穿。「嘎！」L叫了起來，「有毛毛蟲！」外衣上附著兩隻毛蟲呢，連忙抖拍了下去。大家一陣忙，皮膚起著栗，好像有蟲在爬。

「不要神經過敏了，聽，叫哥哥在叫呢。」

「不，那是紡織娘。」

「哪裡，那一定是銅管娘。」

「什麼銅管娘，昆蟲學裡沒有的名字。」

其實誰也沒有研究過昆蟲學。熱心的爭論起來了，把毛毛蟲的不快就此抖掉。

「聽，那邊更多呢。」

一路傾聽過去，忽然有一個孩子的聲音叫：

「在這裡了。」

那是一個穿了睡衣褲的小孩，手裡執著小竹籠，一條辮子梢上還繫著紅線，一條辮子已經散了，大概是睡了聽見叫哥哥叫的熱鬧又爬起來的。

「你不要動，等我捉。」鐵絲網那邊的叢莽中有一個男人在捉，看樣子很是外行，拿了盒火柴，一根根劃著。

秋蟲的聲音到處都是，可是去捉呢，又像在這裡，又像在那裡，孩子怕鐵絲網刺他，又急著捉不到，直叫。

小石也鑽進叢莽裡去了。

一個騎自行車的人經過，也停下來，放好了車，取下了車上的電石燈，也加入去捉了。

這人可是個慣家，捉了一會，他說：「不行，這樣，你拿著燈，我們來捉。」原來的男人很聽話的趕快把燈接過來，很合拍的照亮著。

果然，不一會，騎自行車的人就捉到了一隻，大家鑽出來，孩子喜歡得直跳。

騎自行車的人大大的手裡夾著叫哥哥，因為感覺到大家欣賞他的成功而害羞，怯怯的說道：「給誰呢？給誰呢？」

原來在捉的男人就推給小石說：「先給他吧，他不會捉的。」孩子也說：「給你吧，我們還好再捉。」

小石被這親熱的退讓和贈予弄得不好意思起來，連忙走開去，說：「哪裡，哪裡，我原不想要，我是幫你們捉的，」想想自己又不會捉，又改說，「我不過湊湊熱鬧。」

我們也說：「小妹妹別客氣了，把牠放在籠子裡吧，看跳掉了。」

那個孩子才歡歡喜喜感謝地要了，男人和騎自行車的又鑽進叢莽中去。

小石一邊走，一邊笑，一邊咕嚕：「我又不是小孩子，推給我做什麼。」

L說：「人家當你比那個小孩還小啦，這又有什麼可臉紅的呢。」

於是小石就辯了：「月亮光底下看得出臉紅臉白麼。」

其實我們大家都飫飲這善良的溫情而陶然了。

走得很遠，回過頭去，還看得見叢莽裡一閃一閃亮著自行車的磨電燈。

電子書購買

國家圖書館出版品預行編目資料

人間情懷：相隔千萬里之遙，滿溢的離愁只消傾訴筆墨 / 鄭振鐸 著 . -- 第一版 . -- 臺北市：崧燁文化事業有限公司 , 2023.08
面； 公分
POD 版
ISBN 978-626-357-517-2(平裝)
855 112011037

人間情懷：相隔千萬里之遙，滿溢的離愁只消傾訴筆墨

臉書

作　　者：鄭振鐸
發 行 人：黃振庭
出 版 者：崧燁文化事業有限公司
發 行 者：崧燁文化事業有限公司
E-mail：sonbookservice@gmail.com
粉 絲 頁：https://www.facebook.com/sonbookss/
網　　址：https://sonbook.net/
地　　址：台北市中正區重慶南路一段六十一號八樓 815 室
Rm. 815, 8F., No.61, Sec. 1, Chongqing S. Rd., Zhongzheng Dist., Taipei City 100, Taiwan
電　　話：(02)2370-3310　　傳　　真：(02) 2388-1990
印　　刷：京峯數位服務有限公司
律師顧問：廣華律師事務所 張珮琦律師

定　　價：250 元
發行日期：2023 年 08 月第一版
◎本書以 POD 印製